胡维 著

柳永

蘇軾

歐陽修

我的大宋
我的词

姜夔

陸游

范仲淹

李清照

外语教学与研究出版社
北京

图书在版编目（CIP）数据

我的大宋我的词 / 胡维著. -- 北京 : 外语教学与研究出版社，2021.7
ISBN 978-7-5213-2806-6

Ⅰ. ①我… Ⅱ. ①胡… Ⅲ. ①宋词－诗歌欣赏 Ⅳ. ①I207.23

中国版本图书馆 CIP 数据核字（2021）第 144038 号

出 版 人　徐建忠
责任编辑　刘　佳
项目编辑　赵璞玉
责任校对　刘虹艳
装帧设计　覃一彪
出版发行　外语教学与研究出版社
社　　址　北京市西三环北路 19 号（100089）
网　　址　http://www.fltrp.com
印　　刷　三河市北燕印装有限公司
开　　本　787×1092　1/32
印　　张　8
版　　次　2021 年 8 月第 1 版　2021 年 8 月第 1 次印刷
书　　号　ISBN 978-7-5213-2806-6
定　　价　52.00 元

购书咨询：（010）88819926　电子邮箱：club@fltrp.com
外研书店：https://waiyants.tmall.com
凡印刷、装订质量问题，请联系我社印制部
联系电话：（010）61207896　电子邮箱：zhijian@fltrp.com
凡侵权、盗版书籍线索，请联系我社法律事务部
举报电话：（010）88817519　电子邮箱：banquan@fltrp.com
物料号：328060001

自 序

>1.《我的大唐我的诗》，清华大学出版社，2020。

写完唐诗名家的评传[1]后，好像全世界都在催着我继续写宋词。虽然于我个人而言，对于宋词的积累和自信其实是不如对于唐诗的，但回忆自己吟诵过的一首首、一句句绝妙词作，参差的长短句或秀美、或清丽、或哀婉、或旷达，如同五彩斑斓的珠玉点缀了我的记忆，又如同清澈蜿蜒的溪流浸润了我的生命，从感恩的角度，也该为那些填词度曲的名家圣手写点什么。这就是这本书的源起。

细细回忆下来，我与宋词结缘，其实是源自金庸先生的武侠小说和爷爷曾经讲过的《说岳全传》。于是，小学三年级的我就背会了岳飞的《满江红》，不久之后还惊喜地发现，这首词居然是能唱的。这也是我第一次领略到宋词的音乐之美。

但严格来说，我的宋词启蒙者应该是辛弃疾，一本薄薄的《稼轩长短句》反复翻看，曾经为“明月别枝惊鹊”共情，为“醉里挑灯看剑”绝倒，为“众里寻他千百度”神伤，为“溪头卧剥莲蓬”窃喜，为“生子当如孙仲谋”击节，也为“廉颇老矣”惆怅。因其多面，我兴起了了解词人故事的想法，于是，一位如虎如龙的挣扎英雄，一个风雨飘摇的偏安朝代，迎面而来，让我欲罢不能。

慢慢地，我形成了读词必读史的习惯，也逐渐迷上了那个时代，从繁华从容、风流婉转的北宋，到暖风醉人、金戈铁马的南宋，认识了那些从《清明上河图》《鹤林玉露》中走出的鲜活人物。

其中最让我心折的，当然是整个中国历史上“不可无一，难能有二”的苏东坡。惊才绝艳却又适逢北宋由盛转衰的时代，颠沛半生的东坡最可爱的，就是看透世情却依然爱着这个世界，于是才有了“大江东去”的豪情，“一蓑烟雨任平生”的潇洒，“明月几时有”的出尘，以及“天涯何处无芳草”的通达。

我跟着柳永，游历“烟柳画桥”的杭州、“露花倒影”的汴京、“秋风原上”的西北，也领略着北宋的太平盛世。我追随范仲淹，从“四面边声连角起”的陕北到“春和景明”的岳阳楼，体会“先天下之忧而忧”的家国情怀。我听着欧阳修吟唱“此恨不关风与月”，却从醉翁的故事中看到北宋的政治、经济、文化的发展与成熟。

随后就是天崩地裂的靖康之变和建炎南渡。于是，一位“倚门回首，却把青梅嗅”的娇憨少女，一位“花自飘零水自流”的绝代佳人，却渡过了“凄凄惨惨戚戚”的一生。于是，生于家国丧乱之际的陆游，心心念念了一辈子的“灞桥烟柳”，却终究只能“心在天山，身老沧州”。于是，出生之后满眼“废池乔木”的姜夔，无奈只能“零落江南不自由”。

这些就是本书的主题，以及我选取的八位词人。

虽然这种选择更多体现的是我的个人喜好，但我的本意是想在作品艺术、人格光辉和时代脉搏之间取一个平衡。至于是否做到了，只能由各位读者朋友去评判。如果有各位朋友的心头好未能入选，也只能期望大家多多担待。不过在讲述这八位词人的某些人生阶段时，仍然有王安石、晏殊、秦观、范成大、陈亮等人的身影掠过，权当补缺吧。

写作过程中，有感动，有憧憬，有景仰，但更多的，却是怜惜。虽说中国古代诗词名家往往命途多舛，但放到两宋，生活和时代对他们的摧折也太过了一些。同时，时代对词这一艺术形式，也委实不公平。所谓的“诗庄词媚”，不知道湮没了多少精品，能幸存下来的，也多是由于词人本身兼诗人、文学家、政治家的身份。因此，按照评传的写法，词作和词人生平的考据尤其困难，加之我本非科班出身，仅凭着爱好业余写作，全书肯定还会有许多错漏之处，也恳请各位方家和朋友不吝指正。

聊记之以为序。

胡维

2021 年 4 月 17 日于上海

目 录

柳　永·第　一

醉眠风月的白衣卿相

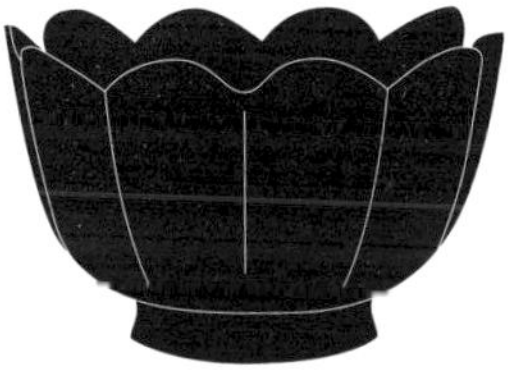

宋真宗咸平六年（公元 1003 年）中秋节，杭州。

官员孙何的宴会上，专程邀请来表演歌艺的杭州名妓楚楚出场了，轻移莲步，慢启朱唇：

> 东南形胜，三吴都会，钱塘自古繁华。烟柳画桥，风帘翠幕，参差十万人家。云树绕堤沙。怒涛卷霜雪，天堑无涯。市列珠玑，户盈罗绮竞豪奢。
>
> 重湖叠巘清嘉。有三秋桂子，十里荷花。羌管弄晴，菱歌泛夜，嬉嬉钓叟莲娃。千骑拥高牙。乘醉听箫鼓、吟赏烟霞。异日图将好景，归去凤池夸。

这是从没有人听过的曲子，也是从没有人见过的词，却有唱不尽的风流婉转，道不尽的钱塘繁华。一曲歌罢，四座皆惊，孙何忙问曲调是什么名字，词曲作者是哪一位。楚楚回答道，前日有一位年轻书生主动找上自己，教给自己这首曲子，名为《望海潮》，并拜托自己："欲见孙相，恨无门路。若因府会，愿借朱唇歌于孙相公之前。若问谁为此词，但说柳七。"[1]

孙何当即吩咐开门延客。一位白衣少年，翩翩而来，不久之后，又从杭州走向汴京（今河南开封）。自此一路风月，流传至今。

>1. 一说《望海潮》所赠之人并非孙何，而是名为孙沔的另一位北宋官员，创作时间则是在柳永晚年。
——编者注
（本书注释如无特别说明，均为编者所加）

一、君子有三变

宋太宗雍熙元年(公元984年),柳永出生于沂州(今山东临沂) 费县官署。

这短短的一句介绍,有好几个问题。

首先,柳永并不是一开始就叫柳永的。出生时,父亲给他取名“三变”(习惯问题,下文还是以柳永相称)。所谓“三变”,取自《论语》:“君子有三变:望之俨然,即之也温,听其言也厉。”意思是君子远看庄重威严,接触则温和可亲,听讲话则严肃不苟。这代表了父亲对他的期望,更代表了家学渊源和家风传承。

柳家出自赫赫有名的河东柳氏,是柳宗元、柳公权的同族。柳永的祖父、父亲都是饱学鸿儒,为人端重沉厚,虽然官位不高,但素有君子之名。可惜,纵观柳永的一生,与“三变”完全不搭调。

另外,他的出生时间和地点也只是很模糊的推测。因为柳永虽然最终中了进士并出仕做官,也够长寿,但毕竟地位不高,正史里面基本没有对他的记载。更要命的是,柳永浪荡风流的作风,与当时占主流的儒家礼教观念格格不入。虽然大家私下里未必没有对其行为的百般羡慕,但公开场合还是要严厉批评,并摆出不屑与之为伍的样子,因此基本没什么人愿意为柳永扬名,同时代的人也不会在各类逸闻、笔记中多费笔墨去记载与他的交往。于是,在正史和野史中都很难找到有关柳永生平的记载,后人只能尽量拼凑。

比如他的出生年份，众说纷纭，各持一端，看起来都有点道理，但谁都没有绝对的说服力。采信公元984年的说法，依据也不过是考察孙何在杭州的行迹，以及关于柳永“及第已老”的记载。按前者认为他作《望海潮》时不超过二十岁，按后者认为他及第时已有五十岁左右，两个条件一匡算，得到一个答案。够牵强吧？但已经是相对靠谱的推理了。

另外，一般认为柳永是福建崇安人，但他是否出生于福建，也缺乏确证。之所以说柳永出生在山东，是从他父亲柳宜的行迹来推测的，而柳宜在雍熙初年大概是在山东任费县知县，依据也不过是柳宜的朋友在他的墓志铭中的回忆。

唐宋时期，诗人词人寒微者居多，行迹也很难考证。其实宋代还相对好一点，毕竟是天子与士大夫共治天下，文人士子的地位很高，各类笔记、野史极为丰富。但即便如此，要拼凑柳永的出生年份和地点还是如此费劲，只能说明他有多么不受当时主流文人的待见。

如果采信上述时间和地点，那么柳永出生的那一年，李后主已去世六年，冯延巳已去世二十四年，温庭筠更是已去世一百多年，五代的花间词渐成绝响。至于北宋词坛的群星，大都还未出生。从宿命论的角度看，此时出世的柳永，隐隐肩负开一代风气之先的使命。

柳永幼年应该是随着父亲柳宜任职的足迹四处漂泊。柳宜一直做到了工部侍郎，地位似乎不算低了，可惜依照宋代官制，这个侍郎只是一个明确级别待遇的虚衔，没什么实权，更谈不上能荫庇子孙。

究其原因，柳宜曾任南唐监察御史，背负着前朝旧臣这个尴尬的身份，在北宋初年很难有所作为。因此，柳宜的仕途多在边远之地迁转。他先后在雷泽、费县、任城等地任知县，好不容易升职为通判，居然被打发到了广西全州。那里蛮荒不说，基本上已经是北宋的边境。可能这也算北宋朝廷对柳宜的一种考察吧。

一直到柳永大概十岁出头，柳宜才算是勉强结束了“考察期”，被调往扬州任职，柳永也随之在扬州呆了一段时间。在少年正懵懂的时候，扬州的无边风月给柳永留下了深刻的影响，也开启了他风月相伴的别样人生。

在扬州住了两三年后，柳宜想念福建老家的母亲，于是请人为自己画了一幅画像，让弟弟带回老家，算是换一种方式陪伴母亲，同时也让柳永随行，让母亲见见这个未曾谋面的孙子。

这里需要说明的是，后世各类史书和文学典籍谈到柳永，总是将其描述成一副浪荡无形的样子，其中固然有偏颇之处，但也有个问题值得琢磨：他的父祖皆为鸿儒，对他的期望也是“君子有三变”一类，他应该是从小受到了严格的儒家正统教育，何以最后却走上了“歪路”？

除了说一句天性如此，可能也和他青少年时期在祖母身边长大，父亲一直宦游在外、管教不严格有很大关系。君不见，现代多少家庭都有隔代宠溺孩子的事情发生。

另外需要多说一点，柳宜对其他子女的管教可能也是如此。庆历年间进士刘攽在《中山诗话》中，记载了柳永大哥柳三复的一则小故事：柳三复想拜见宰相丁谓却没有门路，正好丁谓喜欢蹴鞠，有一天球飞出后园被柳三复捡到，他就以还球的名义进入了宰相府邸。拜见丁谓的时候，柳三复一面下拜，一面让球在自己的肩、背、头、胸上下飞舞。丁谓看得哈哈大笑，于是把柳三复招到了自己门下。

看着是不是眼熟？像不像高俅？高俅的故事出自《挥麈后录》，是南宋的一本笔记。鉴于高俅在北宋灭亡中所起的作用，南宋文士对他的看法可想而知。《挥麈后录》的记载说不定还真是从柳三复的故事中移花接木，用来丑化高俅的。

不过，高俅奉承的好歹是后来的徽宗皇帝，而柳三复奉承的却是“天下目为奸邪”的“五鬼”之一。

有这样的儿子，柳宜的教子能力可想而知，对柳永的放任自流也就不难理解了。

在福建崇安度过少年时期后，十九岁的柳永通过了解试，准备去汴京参加礼部省试，也就是考取进士功名。他路过杭州，写下了开头那曲《望海潮》。此曲一出，迅速传诵开来，柳永声名鹊起。

传说，后世金主完颜亮读到“有三秋桂子，十里荷花”之语，不胜向往，顿时起了渡江攻宋的念头，后来更是在进军到扬州时提笔写下：

万里车书尽混同，江南岂有别疆封。
提兵百万西湖上，立马吴山第一峰。

竟然因为一首词引发战争，所谓“匹夫无罪，怀璧其罪”，不外如是。

词中“异日图将好景，归去凤池夸”，虽然是吹捧孙何，但也未尝没有柳永的少年意气，大概有自许“一举首登龙虎榜，十年身到凤凰池”的意思。

自信满满的柳永，一路上经过杭州、苏州、扬州，走走停停，倚红偎翠，好不快活。且看这首《玉蝴蝶》：

是处小街斜巷，烂游花馆，连醉瑶卮。选得芳容端丽，冠绝吴姬。绛唇轻、笑歌尽雅，莲步稳、举措皆奇。出屏帏。倚风情态，约素腰肢。

当时。绮罗丛里，知名虽久，识面何迟。见了千花万柳，比并不如伊。未同欢、寸心暗许，欲话别、纤手重携。结前期。美人才子，合是相知。

历代多有人诟病柳永词格调低下，这首词就是所谓“淫词俗调”的代表。但反观也写美人的五代名家和北宋大晏、小晏、周邦彦等人，大部分词人描述的美人，美则美矣，就是不太有生气，望之形似玩偶。能唱出“美人才子，合是相知”的，又能有几人？

二、露花倒影

宋真宗景德四年（公元1007年）冬，二十四岁的柳永终于来到了汴京。

从福建老家到汴京，说是赶考，但这条路他居然走了六年，评价一句“放荡无行”恐怕不算过分。

不过，柳永到汴京的时节，正是好一幅盛世景象。其时，宋辽[2]双方的“澶渊之盟”刚刚缔结，两国之间开启了百余年的和平期；西夏太祖李继迁刚刚死去；至于女真人，还在白山黑水之间渔猎求生呢。经过唐末五代百余年的战乱，人心思定，宋朝的治国方略也算宽仁，民间开始逐渐繁荣起来，其中尤以汴京为最。

>2. 辽在历史上有过“契丹”和“辽”两个国号。为统一起见，本书一律称辽。

初到汴京的柳永，第二年春日便赶上了三月初一金明池竞标。当时，飞舟横渡，锣鼓喧天，车驾盈街，珠翠满目，香风阵阵，朱紫白衣同欢，王公庶民共赏，甚至皇帝也与民同乐。柳永激动不已，填了一首《破阵乐》：

露花倒影，烟芜蘸碧，灵沼波暖。金柳摇风树树，系彩舫龙舟遥岸。千步虹桥，参差雁齿，直趋水殿。绕金堤、曼衍鱼龙戏，簇娇春罗绮，喧天丝管。霁色荣光，望中似睹，蓬莱清浅。

时见。凤辇宸游，鸾觞禊饮，临翠水、开镐宴。两两轻舠飞画楫，竞夺锦标霞烂。罄欢娱，歌鱼藻，徘徊宛转。别有盈盈游女，各委明珠，争收翠羽，相将归远。渐觉云海沉沉，洞天日晚。

华丽的笔调，极尽铺陈的良辰美景，为柳永赢得了“露花倒影柳屯田”[3]的雅号，一如“红杏枝头春意闹”成就了“红杏尚书”宋祁，“梅子黄时雨”成就了“贺梅子”贺铸。

>3. 柳永官终屯田员外郎，见后文。——原注

不过，源于唐代《秦王破阵乐》的金戈之声，却被柳永变为盛世丰融之音，虽说无所谓对错，但也大概能窥见唐宋两代社会风貌、审美取向的区别。

从《望海潮》到《破阵乐》，不难看出，青年时期的柳永极为擅长描绘胜景繁华，也难怪后来参与修《新唐书》的翰林学士范镇感叹：“仁庙（仁宗）四十二年太平，吾身为史官二十年不能赞述，而耆卿（柳永）能尽形容之。”

身在如此太平盛世，本就天性散漫的柳永全无求取功名、建功立业的紧迫感，一意流连花丛，依靠超凡

的音乐才能和填词功力，分外受欢迎。叶梦得在《避暑录话》中记载，当时的教坊乐工，每每有了新腔新调，必定要求柳永填词，不然就不肯发布。柳永看起来很享受这种感觉，看看这首写春游踏青的《长寿乐》：

繁红嫩翠。艳阳景，妆点神州明媚。是处楼台，朱门院落，弦管新声腾沸。恣游人、无限驰骤，娇马车如水。竞寻芳选胜，归来向晚，起通衢近远，香尘细细。

太平世。少年时，忍把韶光轻弃？况有红妆，楚腰越艳，一笑千金何啻？向尊前、舞袖飘雪，歌响行云止。愿长绳、且把飞乌系。任好从容痛饮，谁能惜醉？

除了歌咏一贯的无边美景，柳永还直白地表达：大好太平盛世，少年时节，怎么能把韶华轻弃？要把太阳系住，让时间停滞，方能一直痛饮享乐。

词中哪有一点追求功名之心？更不用说体现忧国忧民之情了。你可以说他不思进取，但不得不承认，这是一个真实的人，不回避自己的欲望，更不回避自己对美的向往。谁又能说这些优美的文字不是瑰宝，不足以穿越千年，历久弥香？

另外，虽然诗词都是可以配乐演唱的，但音乐潮流和审美的变化，以及唐末五代乱世中，多次主动或被动的民族融合，使音乐的形式和内容在宋代都有了极大的变化，最直观的就是节奏更多变，风格更多元，原有的五言诗和七言诗已经不适应当时音乐的发展。这才是宋词繁荣的根本原因，甚至一定程度上可以解释，为什么宋诗推崇杜甫的写实风格，进而发展出有别于唐诗主流的“以文为诗”和“理趣诗”。因为在宋代，服务音乐的文学载体已经变成词，诗自然就越来越像文章了。

笔者初始接触宋词的时候，这种感觉还不明显，直到读了柳永的《乐章集》，才有所领悟。从《乐章集》的目录就可以看到，那些熟悉或不熟悉的词牌前，都专门标注了宫调，比如中吕宫、般涉调、黄钟羽、歇指调等等。到后来李清照的《词论》，指出诗仅依平仄，但填词还要考虑唇、舌、齿、牙、喉五音，宫、商、角、徵、羽五声，黄钟、太簇等六律，以及清浊轻重之分，这才有了词“别是一家”的结论。

我们今天读词只能领略文字之美，大概体会一点韵律之美，但音乐之美却找不回来了，这不得不说是一种遗憾。柳永是公认的音乐大家，仅以词牌数衡量，他改良旧调三十余种，自创新调五十余种。而清代《词律》中收录的词牌总共有多少呢？才六百六十种而已。更难能可贵的是，柳永填词大量引入了市井俗语，完美契合了北宋市民阶层的需求，在俗和雅之间达到了一个恰到好处的平衡。在他之前和之后的众多诗人、词人基本上是精英阶层的代表，作品也以满足精英阶层的趣味为宗旨，也难怪清代著名戏曲家李渔尊崇柳永为“曲祖”。只能说，一个时代有一个时代的文学，柳永天生就是为宋词而生的。

游走于汴京的烟花巷陌中，柳永如鱼得水。时人笔记记载，柳永“所至，妓者爱其有词名，能移宫换羽，一经品题，身价十倍”。放到今天，他就是妥妥的金牌制作人。自然而然，他身边的莺莺燕燕也多了起来。涉及闺房私密事，当然不可能有什么太过详细的记载，但单单从柳永的词中，已经可以看到不少倩影。仅《木兰花》一个词牌，他就写了“心娘自小能歌舞”“佳娘捧板花钿簇”“虫娘举措皆温润”“酥娘一搦腰肢袅”四首词，分别送给心娘、佳娘、虫娘、酥娘四位佳人，让人简直瞠目结舌。

至于师师、安安、香香、冬冬等人，只能从他的词中一瞥芳名，事迹皆已不可考。因为这些优美的词作和引人遐想的芳名，后世不知多少编剧创作了关于柳永的风月情事，其中就有鼎鼎大名的关汉卿写的《钱大尹智宠谢天香》，冯梦龙在《喻世明言》中写的《众名姬春风吊柳七》。至于其他格调低下、唯以猎奇猎艳为能事的故事，更是不知凡几。

三、自是白衣卿相

宋真宗大中祥符二年（公元1009年），二十六岁的柳永参加了第一次礼部试，毫无悬念地落榜了。

其实考试之前，少年意气风发的柳永是很自信的。可能汴京城里的一片吹捧和赞扬声也给了他勇气，让他在倚红偎翠的同时还不忘高唱“定然魁甲登高第”。

年轻的柳永还是太天真了。殊不知，给他鲜花和掌声的，基本上是教坊乐工和歌伎，偶有一些狂浪文人。他的这种名声越大，科举越不可能成功。更要命的是，科举之前，真宗皇帝还专门下诏：“读非圣之书，及属辞浮靡者，皆严谴之。”

虽然宋代科举已经有糊名制度，但他的词作流传如此之广，就算糊名了，考官多半也能从行文风格猜到他的身份，谁也不敢冒天下之大不韪录取他。所以说，柳永的这次落榜真的毫无悬念。

自觉还算年轻的柳永，虽然有挫败感，但也没太当回事，继续寻花问柳去了，一边风流快活，一边等下次考试。

谁知道，十几年间，连续四次科举，他全部落榜。他可能改变过自己的文风，琢磨过考官的喜好，但全无用处。在这段时期，柳永激愤之下填了一首《鹤冲天》：

黄金榜上，偶失龙头望。明代暂遗贤，如何向。未遂风云便，争不恣狂荡。何须论得丧？才子词人，自是白衣卿相。

烟花巷陌，依约丹青屏障。幸有意中人，堪寻访。且恁偎红翠，风流事、平生畅。青春都一饷。忍把浮名，换了浅斟低唱！

此曲传唱甚广，甚至传入深宫，让当时秉政的刘太后和仁宗皇帝对他也形成了“此人浪荡轻浮”的印象。传说第四次科举，柳永本来已榜上有名，结果仁宗皇帝看到他的名字，批了一句：“且去浅斟低唱，何要浮名？”已经四十一岁的柳永干脆打出“奉圣旨填词柳三变”的招牌，勇于自黑的背后又有多少心酸。

其实这个故事里的御批是否来自仁宗尚可存疑。一则柳永第四次参加科举时，仁宗皇帝尚未成年，而当时秉政的刘太后，也就是“狸猫换太子”故事中的大反派，是一个不让须眉的女强人，她对柳永这种风流浪子的印象可想而知。二则后来“苏门六君子”之一的陈师道曾记载，仁宗皇帝很喜欢柳永的词，每次喝酒的时候，都让乐工再三演奏。以苏轼对柳永有批评也有赞美的微妙情绪，陈师道当不至于为柳永脸上贴金。因此，临放榜前黜落柳永如果确有其事，很可能是刘太后的旨意。

柳永“奉旨填词”之时，父亲柳宜应该已经去世。已届不惑的柳永一事无成，两位兄长又比较寒微，大手大脚惯了的他失去了生活来源，加之汴京的生活成本出名地高，于是不得已走上了职业填词的道路。《乐章集》中超过三分之二的歌妓之词，大都写于这一时期。

八卦一下，其实虫娘、心娘等女子都是柳永的红颜知己，他与她们的交往有逢场作戏的成分，从一些资料中可以考证，柳永是有家室的。比如说，《建宁府志》就记载柳涚系柳永之子，庆历六年中进士，做过著作郎。

不过《建宁府志》是明后期才编撰的地方志，与北宋年代相隔太过久远。柳涚的事迹最早见于宋代无名氏所作的《京口耆旧传》，其中并未提到柳涚是柳永之子，而且明确说柳涚是丹徒人，与柳永的籍贯并不相符。宋人的笔记有不止一处提到柳永无后，但黄庭坚在笔记中却又提到，柳永有个孙子名叫柳彦辅，擅长相面。

各种互相矛盾的记载太多了。同样也只能猜测，柳永大体应该是有家室的，毕竟从他后来的词作中，能看到一些怀念故乡与妻子的思绪，但其子是否是柳涚存疑。

如果说二十多岁的时候，还有资本可以不把落榜当回事的话，等到经历了四次失败，又在当政的太后那里留下了如此恶劣的印象后，年过四十的柳永基本已经对仕途绝望了。烟花巷陌、丹青屏障，再也无法慰藉他那颗高傲而敏感的心，于是他毅然决然离开了汴京，既有游学的意思，未尝也没有冷处理自己放荡形象的意思。

临别之际，红颜知己相送，具体是哪一位已不可考。回想二十年来的浮浪生涯，不管遭到再多冷眼，柳永心里都知道，自己曾经付出的真心不虚，那些可爱的女孩对自己的情谊同样不虚。秋雨方歇，千种情思，万般不舍，凝成了一曲《雨霖铃》：

> 寒蝉凄切，对长亭晚，骤雨初歇。都门帐饮无绪，留恋处、兰舟催发。执手相看泪眼，竟无语凝噎。念去去、千里烟波，暮霭沉沉楚天阔。
>
> 多情自古伤离别，更那堪、冷落清秋节！今宵酒醒何处？杨柳岸、晓风残月。此去经年，应是良辰、好景虚设。便纵有、千种风情，更与何人说？

再无一点浮艳狂浪，唯余一片深情流传千古，堪称婉约词的代表，也是脱胎于五代花间词的宋词青出于蓝而胜于蓝的标志性作品。当然，还有一种说法是，这首《雨霖铃》作于咸平年间，送别的其实是柳永当时的妻子。但笔者更愿意相信，只有历经多年人生沧桑，才会有词中这样凄婉深沉的情感。

多说一句，近年来有一部大火的电影《无名之辈》，其中的贵州织金方言插曲《瞎子》就是改编自这首《雨霖铃》，配上缓慢的民谣曲调，竟是意外地契合和熨帖。只能说，经典毕竟是经典。不过，当年被视作“三俗”代表的柳永词作，在当下这个时代，却被抬到“阳春白雪”的位置，不知柳永泉下有知会作何感想。

杨柳岸边，晓风残月中，柳永离开了成就了他也耽误了他的汴京。这一去，就是十年。

四、衣带渐宽终不悔

十年间，柳永的脚步从东南到西北，他的词也从灯红酒绿中脱离出来，开始着眼大好江山。烟花之地的两情相悦，可能大家会看得会心一笑，而漫漫长路上的羁旅之愁，明显更具有能打动人的力量。

以此次漫游为分界，前半生的柳永，是风月浪子；后半生的柳永，是逆旅行人。前半生的柳永词，更多的意义和成就在音乐性上；后半生的“羁旅之词”，才真正具有了比肩唐诗的文学意义。

不过，习惯的力量还是无比强大的。初离汴京的柳永，选择了苏杭一带，一定程度上还是在怀念自己的少年时光。从他的词作来看，他过的生活和在汴京城貌似区别也不大，依然是倚红偎翠、酒中寻欢。

只是词中的怀人之意越来越浓，他开始想念汴京城里的人和事。看这首《忆帝京》：

薄衾小枕凉天气，乍觉别离滋味。展转数寒更，起了还重睡。毕竟不成眠，一夜长如岁。

也拟待、却回征辔。又争奈、已成行计。万种思量，多方开解，只恁寂寞厌厌地。系我一生心，负你千行泪。

能看出来，他基本上是刚离开就开始想念。这种想念，在江南烟雨中酝酿发酵，三四年后，他实在受不了，就中止了行程，返回了汴京。

可惜，在风月场中厮混了半生的柳永却忘记了，风月之地最是无情，“但见新人笑，那闻旧人哭”更是体现得淋漓尽致。此次回京，他看到的是什么？繁华依旧，风月依旧，但物是人非。他心心念念的，只是那些可爱的人啊。看看这首《满朝欢》：

花隔铜壶，露晞金掌，都门十二清晓。帝里风光烂漫，偏爱春杪。烟轻昼永，引莺啭上林，鱼游灵沼。巷陌乍晴，香尘染惹，垂杨芳草。

因念秦楼彩凤，楚观朝云，往昔曾迷歌笑。别来岁久，偶忆欢盟重到。人面桃花，未知何处，但掩朱扉悄悄。尽日伫立无言，赢得凄凉怀抱。

帝都风光依旧，春光媚好，可那些曾经的秦楼彩凤、楚观朝云呢？只余一声“人面不知何处去，桃花依旧笑春风”的叹息，何等凄凉。

需要强调的是，由于柳永是创调高手，他的词作中，词牌名和词意往往天衣无缝。这在其他词人身上实在不多见，也是柳永词一种特别的魅力。

没过多久，柳永又离开了汴京，这次走得更远，也不再流连寻芳。他从汴京去了长安，然后在西北一带游历，胸襟得到了极大的开阔，词中的气象也开始壮阔深邃起来。看看这首《少年游》：

长安古道马迟迟，高柳乱蝉嘶。
夕阳鸟外，秋风原上，目断四天垂。
归云一去无踪迹，何处是前期？狎兴生疏，酒徒萧索，不似少年时。

上承杜牧的“长空澹澹孤鸟没”，下启马致远的“古道西风瘦马”，深得司空图《二十四诗品》中“超以象外，得其环中”的雄浑真髓，哪还有一点婉约之气？词牌名为“少年游”，但狎妓买醉的兴致已经萧索不堪，哪里还能回到少年时候呢？

曾经作为世界中心的长安，汉唐的故都，在宋代已破败不堪，甚至离抵御西夏的边境也算不上远了。满腹心事、一身萧索的柳永游历其间，愁是真愁，却不再念念不忘孤枕难眠、薄衾侵寒。于是，可能就是在这段越走越远的漫游时期，他写下了传诵千古的《八声甘州》：

对潇潇、暮雨洒江天，一番洗清秋。渐霜风凄紧，关河冷落，残照当楼。是处红衰翠减，苒苒物华休。
惟有长江水，无语东流。
　　不忍登高临远，望故乡渺邈，
归思难收。叹年来踪迹，何事苦
淹留？想佳人、妆楼颙望，误几回、
天际识归舟。争知我、倚阑干处，
正恁凝愁！

虽然还有“争”“恁”等为人诟病的市井俗语，但就连心高气傲的苏东坡也不得不承认，“‘霜风凄紧，关河冷落，残照当楼’，此语于诗句不减唐人高处”。这才真正是开一代风气之先的宋词！

不过，虽然柳永从眼界到文风，都发生了天翻地覆的变化，但在那个信息传递缓慢的时代，他正在发酵的名声，却依然与那些莺歌燕语相关。

一直到柳永去世很久之后，人们记得的、津津乐道的，还是那些风流韵事和香艳词作。南宋的叶梦得曾回忆，他在丹徒遇到一位从西夏来的官员，那位官员感叹“凡有井水饮处，即能歌柳词”，极言柳永词横跨时间和空间的影响力。但同为南宋文人的胡仔又是如何评价这种影响力的呢？“其所以传名者，直以言多近俗，俗子易悦故也。”还是给柳永打上了低俗的烙印。

那么，柳永后悔吗？他可能后悔过求取功名，也后悔过年少轻狂，但从来没有后悔过曾经付出的真心。从这首《凤栖梧》中或许可以窥见一二：

独倚危楼风细细，望极春愁，黯黯生天际。草色烟光残照里，无言谁会凭阑意。

拟把疏狂图一醉，对酒当歌，强乐还无味。衣带渐宽终不悔，为伊消得人憔悴。

这是怎样的一种境界？王国维在《人间词话》中，将“衣带渐宽终不悔，为伊消得人憔悴”列为做人、做事、做学问之三重境界的第二重，次于辛弃疾的“众里寻他千百度”，高于晏殊的“望尽天涯路”。

有意思的是，王国维尽管承认这首词的高妙，却把作者安在了欧阳修身上。虽然此词在一些版本的欧阳修词集中也收录了，但欧阳修名气大、官位高，他的作品中很容易混入其他人的作品。在明代毛晋编《宋名家词》时，已将此词归入《乐章集》，清末探花俞陛云也引用了这一观点。

王国维却执意认为此词作者是欧阳修，理由是“此等语皆非大词人不能道”，而柳永呢？不过是“屯田轻薄子，只能道‘奶奶兰心蕙性’耳”。说白了，就是瞧不起柳永的为人处世。但柳永的青楼词和羁旅词有明显的分野，境界上更是有质的提升，以青楼艳词全盘否定柳永，还是有点过了。

五、自古凄凉长安道

宋仁宗明道二年（公元1033年），秉政的刘太后去世，已经二十四岁、登基十一年的宋仁宗亲政。

虽然皇帝没换，但这样的变化却无异于一次皇位更迭。新朝自然有新气象，第二年的春天，仁宗在“正奏名”之外加试“特奏名”，即除了常规的考试，还特意加开“恩科”，统计所有符合年过五十、参加过五次科举等条件的学子，由皇帝钦点。

当时正在游历的柳永听闻消息之后，大概思量了许久，还是放不下自己打小所受的儒家教育和“修齐治平”的理想，最终决定再试一次。

这次赴考，早就没有了当初舍我其谁的自信相伴，经历了太多打击的柳永其实颇为忐忑。有一种模糊的说法是，他在赶考途中填了一首《轮台子》：

> 一枕清宵好梦，可惜被、邻鸡唤觉。匆匆策马登途，满目淡烟衰草。前驱风触鸣珂，过霜林、渐觉惊栖鸟。冒征尘远况，自古凄凉长安道。行行又历孤村，楚天阔、望中未晓。
>
> 念劳生，惜芳年壮岁，离多欢少。叹断梗难停，暮云渐杳。但黯黯魂消，寸肠凭谁表。恁驰驱、何时是了。又争似、却返瑶京，重买千金笑。

虽然有晨起赶路的描述，又有“凄凉长安道”的感叹，但结尾“又争似、却返瑶京，重买千金笑”，怎么看都不太像是去赶考的。不过整体意境大体能契合他十年后又一次赶考的心情，有摇摆、有忐忑倒也算正常。

南宋人严有翼在《艺苑雌黄》中记载这首词是柳永“得意”之作，但我们仅仅阅读下来，可看不出一点得意之情。不过如果联想到柳永此次回京后终于进士及第，“得意”之说就还解释得通。

宋仁宗景祐元年（公元 1134 年）的这次科举考试，柳永和二哥柳三接一同登第。这里有个疑点，就是柳永此次登第，到底是不是得益于照顾老同志的优待政策？这次开科总共取士一千六百四十人，其中一半以上都是“特奏名”，也就是额外加恩补录的，这在科举历史上可谓绝无仅有。因此有一种说法是，柳永搭上了这股东风才登第。

不过考据下来，笔者还是认为柳永是正经考上的。从后期柳永任职地方的经历来看，他治政抚民都没有问题，并不是一味风花雪月的书呆子。再说了，要不是受声名所累，他早就应该榜上有名，根本用不着额外加恩。只要是正常看待，他的实力应该是没问题的。另外，他是否在“特奏名”榜单里面虽不可考，但他初次授官为睦州团练推官，而地方幕僚官应该是那一年第三甲“进士及第”的待遇，也就是说，他考中的是进士的第三等，而不是后面的“特奏名”。

无论如何，半生的求索、多次的落第，总算有了一个结果。虽然没有孟郊“一日看尽长安花”的狂喜，但柳永的兴奋之情也是溢于言表，也让他留下了“别有尧阶试罢。新郎君、成行如画”的词句。不过，同是中年登第，一贯寒微的孟郊都“放荡”了一把，而一贯放荡的柳永在表达兴奋之前，却还不忘以“尧阶”吹捧一下皇帝。其中的心路历程，想来让人心酸。

中第的兴奋劲头还没完全过去，柳永就受到了当头一棒。《续资治通鉴长编》记载了一则诏书及来龙去脉。诏书内容是“幕职州县官初任未成考者，毋得奏举”，也就是说初次任职的幕僚官，未通过试用期考核时不能推荐升迁。诏书背景是侍御史郭劝上书，说睦州团练推官柳三变到任才一个多月，还没干出什么成绩，知州吕蔚就推荐他升迁，肯定是因为私情。

要说御史专门盯着柳永，估计也不会，关键在于知州吕蔚是宰相吕端的公子，天然就是御史的集火目标。柳永算是遭受了池鱼之殃，但他早年在汴京城的偌大名声肯定也没起什么好作用。

睦州地处如今的建德新安江一带，素来以风景秀丽闻名。郁闷的柳永登山临水，排遣愤懑，填了一首《满江红》：

暮雨初收，长川静、征帆夜落。
临岛屿、蓼烟疏淡，苇风萧索。几
许渔人飞短艇，尽载灯火归村落。
遣行客、当此念回程，伤漂泊。
桐江好，烟漠漠。波似染，山
如削。绕严陵滩畔，鹭飞鱼跃。游
宦区区成底事，平生况有云泉约。
归去来、一曲仲宣吟，从军乐。

所谓云泉之约，已有归隐之意。柳永还借用才子王粲[4]的生平境遇，抒发自己的不得志。睦州才是他仕途的第一站，这么快就想撂挑子，只能说柳永有点过于感性了。不过，也能看出来，浪漫多情的柳永，还是不太适应这个官场。果不其然，柳永后续的仕途尤其不顺。

>4. 王粲，字仲宣，“建安七子”之一。擅诗赋，曾作《从军诗》五首。

虽然柳永的生平在《宋史》里没什么记载，但从一些地方志等史料中还是能拼凑出他的为官之路：他在睦州之后，应该任过余杭知县、定海晓峰盐场监官、华阴知县等职务。

需要说明的是，在余杭、定海任上，柳永都被地方志列为“名宦”，这种待遇可不是轻易获得的。比如提到柳永做盐监的《昌国州图志》，叶嘉莹先生就指出：“综观有宋一代前后三百余年，而被此书记入《名宦》者，不过寥寥四人而已，而柳永独居其一，亦足可见柳永在当地的政绩之为人民所怀念了。”

在地方官任上，从这一时期的词作内容来看，他已经很少眠花宿柳，一方面年纪大了，另一方面心思也确实不在此了。一些史料中说柳永除了填词还善为诗文，但他流传下来的诗作寥寥无几，其中值得注意的唯有在定海盐场所作的一首《鬻海歌》。原诗太长，仅节选部分：

> 鬻海之民何所营，妇无蚕织夫无耕。
> …………
> 卤浓咸淡未得闲，采樵深入无穷山。
> 豹踪虎迹不敢避，朝阳出去夕阳还。
> …………
> 秤入官中得微直，一缗往往十缗偿。
> 周而复始无休息，官租未了私租逼。
> 驱妻逐子课工程，虽作人形俱菜色。
> 鬻海之民何苦辛，安得母富子不贫！

读完之后，笔者就想起了白居易的《卖炭翁》等新乐府诗。此诗之中悲悯的情怀和深刻的洞见，哪里还能让人想到那个曾经倚红偎翠的白衣公子？

六、飞云黯淡夕阳间

宋仁宗庆历三年（公元 1043 年），柳永已经六十岁了。

他在外漂流了近十年，且多有政绩，按宋代官制，是可以由地方官转为京官的。可惜一直不得机会，只能说他少年浪荡的形象太深入人心了。

在去往泗州任职判官的途中，他填了一首《迷神引》：

一叶扁舟轻帆卷。暂泊楚江南岸。孤城暮角，引胡笳怨。水茫茫，平沙雁、旋惊散。烟敛寒林簇，画屏展。天际遥山小，黛眉浅。

旧赏轻抛，到此成游宦。觉客程劳，年光晚。异乡风物，忍萧索、当愁眼。帝城赊，秦楼阻，旅魂乱。芳草连空阔，残照满。佳人无消息，断云远。

从“旧赏轻抛”“佳人无消息”看，柳永是真的倦了。

在此背景下，柳永干了一件很不合适的事。这一年在北方的天空中，有人观测到了老人星，也就是传说中南极仙翁的象征，算是难得的祥瑞和吉兆。遇到这种情况，宫中总会命人作应制诗词。适逢当时有一位姓史的宦官，很喜欢柳永的词，柳永就求告到了他的头上。

这位宦官趁着仁宗皇帝高兴，禀报说教坊司新谱了《醉蓬莱》的曲子，推荐柳永为其填词。在宋代人的笔记中，不下五处记载了这件事，有的说柳永词中的用字不恰当，有的说他用词犯了忌讳，总之是得罪了皇帝，他选京官的事也就算彻底黄了。

其实考虑到仁宗皇帝一贯宽仁有加的为人，以及仁宗皇帝喜欢柳永词的记载，这些说法都要存疑。至于“且去浅斟低唱”，本来就不太可能是仁宗皇帝的评价，而且仁宗皇帝既然已经点了他中进士，也不太可能有什么旧怨。

从陈师道的记载中，能看到一点端倪。他说柳永

“因内官达后宫，且求其助，仁宗闻而觉之，自是不复歌其词矣”。换句话说，柳永这么操作，至少犯了两个忌讳，一是交接宦官，二是揣摩皇帝喜好。仁宗一贯善于克制自己的喜好，他半夜想吃烧羊肉，都以烦扰过甚、容易形成惯例导致浪费的理由作罢，何况是涉及用人，更不可能让人轻易掌握他的心思了。而且，这样操作也很容易给皇帝留下心术不正的印象。

还没意识到自己犯忌的柳永，又求助到了吟出“无可奈何花落去”的“太平宰相”晏殊那里。本想着同为词人，可以拉拉关系，结果见面之后，晏殊就问：“阁下也填词作曲么？”柳永赶紧回答：“和相公一样，也填词作曲。”结果晏殊勃然色变：“我虽然填词作曲，但从未写过‘针线慵拈伴伊坐’这样的句子！”

以晏殊一贯“务进贤才”的为人处世态度推测，他很可能已经知道了仁宗对柳永的印象不佳，于是才以他那些“低俗”的青楼词为借口，拒绝了柳永。

好在庆历三年八月，范仲淹拜相，开始了“庆历新政”，其中选人用人是一项重要的改革内容。柳永经过申诉，终于得以改官为著作佐郎。

这里有一个笔者个人的推测，很可能是在这次申诉过程中，柳永才正式改名，从“柳三变，字景庄”，改为“柳永，字耆卿”。有人认为他是在科举考试时改的名，这应该不准确，因为史书《续资治通鉴长编》中明确说了，他任职睦州的时候，还是叫柳三变的。

虽然改为京官，算是中央管的干部了，但他的境遇并无什么改善。柳永依旧在各地迁调流转，一直到七十岁的时候，以屯田员外郎的品级退休[5]。这也是他“柳屯田”别号的来由。

>5. 有史料称柳永为“郎中”。对于这一官衔，有学者认为是朝廷在其死后所赠。

可能就是在这最后十年的漂泊中，所有的心酸、回忆、哀愁、悔恨、向往，凝成了宋词史上极为特别的一曲《戚氏》：

晚秋天。一霎微雨洒庭轩。槛菊萧疏，井梧零乱惹残烟。凄然。望乡关。飞云黯淡夕阳间。当时宋玉悲感，向此临水与登山。远道迢递，行人凄楚，倦听陇水潺湲。正蝉吟败叶，蛩响衰草，相应喧喧。

孤馆度日如年。风露渐变，悄悄至更阑。长天净，绛河清浅，皓月婵娟。思绵绵。夜永对景，那堪屈指，暗想从前。未名未禄，绮陌红楼，往往经岁迁延。

帝里风光好，当年少日，暮宴朝欢。况有狂朋怪侣，遇当歌、对酒竞留连。别来迅景如梭，旧游似梦，烟水程何限。念名利、憔悴长萦绊。追往事、空惨愁颜。漏箭移、稍觉轻寒。渐呜咽、画角数声残。对闲窗畔，停灯向晓，抱影无眠。

全词两百余字，这是什么概念呢？韩愈的千古名篇《马说》仅一百五十余字，林肯的葛底斯堡演讲也才不到三百个单词。与一般的词分上下两阕不同，《戚氏》有上中下三叠，是罕见的超长调。但柳永欲以此词述说一生悲欢，确实非超长调无法写尽。全词层层递进，一气贯之，写景是从眼前到远方，从傍晚到拂晓，写情则从古到今，从少年到垂暮，闻之令人落泪。难怪后人评价："《离骚》寂寞千载后，《戚氏》凄凉一曲终。"

七、尾声

大约在宋仁宗皇祐六年（公元1054年），致仕后的柳永病逝于润州（今江苏镇江），终年七十一岁。

与他含糊不清的出生一样，柳永去世时的状况和后来的墓地所在，也有着诸多争议。首先，他去世的时候很落魄是肯定的，有说死后无人收殓，停灵在寺庙里，甚至有说死后二十多年才下葬。其次，还有说法是歌伎出资葬了柳永，并年年祭拜，遂成习俗，称"吊柳七"。另外，他最终的殡葬地，至少有襄阳、枣阳、仪征、镇江四种说法，在近年来甚至出现了一些纷争。

当初明代思想家李贽评价李白身世纷争："生时无所容入，死而千百余年，慕而争者无时而已。"这个说法用在柳永身上也恰如其分。不过，对比在世时所受的误解、嘲讽和羞辱，在后世如此深入人心，应能稍稍慰藉柳永的泉下之灵了。

柳永，其名初起于江南，受挫于汴京，无奈之下做了风月班头，但风月之中他却倾尽了一腔真情和满腹才华，而那些莺莺燕燕也是真的懂他、敬他、爱他。温婉的青楼女子，在他身上展现了少有的直白深情。这些都化作了坟前的一缕青烟，散入了江南的烟雨杏花。在冯梦龙的笔下，后人有诗题柳永墓云：

乐游原上妓如云，尽上风流柳七坟。
可笑纷纷缙绅辈，怜才不及众红裙。

范仲淹·第 二

山高水长的古君子之风

范仲淹虽然算不上天才，却是儒家极为罕有的全才和典范。

作为宰执[1]，他主导的庆历新政为后世的王安石变法打下了基础。

>1. 宋朝的宰执是宰相与执政的合称，二者均为职官总名，非正式官名。其中执政又包括副宰相和枢密院主、副官。

作为统帅，他整顿的西军直到北宋灭亡仍是战斗力最强的部队。

作为官吏，他为官一任，造福一方，政绩不胜枚举。

作为孝子，他供养范朱两族，培养了一个宰相儿子，开创了范氏传承千年的家风。

作为儒士，他将陷入解经和训诂小圈子里的儒学拉了出来，开理学风气之先。

作为诗人，他以文入诗，一扫西昆陋习。

作为词人，他作词不多，却开创了豪放一派的先河。

观其生平，读其诗文，只有一个感觉：古来所谓君子，就应该是这个样子。

一、后来仰高山

宋真宗大中祥符八年（公元1015年），汴京。

这一年开科取士，龙虎榜上很不起眼的角落有一个很普通的名字——朱说。此人是苏州吴县人，二十七岁，列乙科第九十七名。这个名次不算好，但总算是进士及第了。

这一年，宋辽签订的“澶渊之盟”刚走过第十个年头，北宋政坛进入了一个相对平和但又暗流涌动的时期，不过这些和新晋进士暂时没什么关系。不久，朱说被任命为广德军司理参军，大概相当于省直管县的法院院长，官品也不算高，只是九品而已。朱说的家庭条件并不好，他拿到俸禄的第一件事就是把母亲接到身边供养。

司理参军掌管案件、刑狱。秉性刚直的朱说工作很用心，常常因为案件的是非曲直、量刑轻重与太守争执，拍桌子瞪眼也是常事。回家以后他便将太守和自己的言论记在屏风上，时时对照思考反省，力求没有冤假错案。其孤高正直之气已经初现端倪。

几十年后，有人在范公堂题诗称赞：

维时狴牢下，枉直情毕通。
太守异趣舍，挺然不回从。
事事争救之，粉屏记其终。
…………
后来仰高山，相与传无穷。

他自己则在多年以后写过一首著名的诗：

江上往来人，但爱鲈鱼美。
君看一叶舟，出没风波里。

看到江上的渔者，别人想到的都是鲈鱼的鲜美，他关注的却是风波险恶。这首《江上渔者》，足以概括他自为官起便“先天下之忧而忧，后天下之乐而乐”的胸怀。

等到生活和工作都慢慢走上了正轨，朱说就与母亲商量一件大事——复姓改名。原来，朱说两岁时生父去世，母亲无力抚养孩子，只好携子改嫁，并让他从继父姓朱。

由于到朱家的时候年纪尚幼，记忆模糊，他一直都以为自己就是朱家人。朱说长大成人后，继父去世，朱家几兄弟失去管束，奢靡无度。朱说屡劝不止，终于惹恼了兄弟们，其中一位当面抢白："我用的是我朱家的钱，干你何事？"朱说惊骇不已，有旁人看不过去了，偷偷告诉他实为范家子的真相。

这才能解释为什么朱氏富足，而朱说后来求学却很苦寒。朱说得知真相后，一度携带琴剑，愤而出走。虽然在母亲的劝说下，他并未与朱氏决裂，但自立之心日益坚定。

考中进士的他一直都有复姓的想法，只是怕两边宗族在恩荫、族产等事上有意见，惹得母亲伤心，便耽搁了下来。成家立业后，他与母亲商量好，又说服了两边宗族，终于向朝廷上表申请改姓归宗。

宋真宗天禧元年（公元1017年），朱说经朝廷准奏，正式更名为范仲淹，字希文。

从那一年直到今天，这个名字足足光耀了一千余年！

二、等闲为雨出山来

宋仁宗天圣五年（公元 1027 年），南京应天府（今河南商丘）[2]。

>2. 宋南京为陪都名，与今南京不同。除首都东京开封府外，北宋还有西、南、北三大陪都。

此时真宗皇帝已经驾崩，十八岁的仁宗皇帝已经登基五年了，但朝政大权仍掌握在刘太后手中。朝堂的雷霆雨露都没有照进范仲淹的现实，他刚刚从兴化知县任上辞官，为过世的母亲守丧。十余年间，仕途不见多得意，但范仲淹一直秉持直道，为官一任造福一方。

直至今日，笔者偶然路过江苏泰州、盐城一带，车辆在 204 国道上行驶的时候，听当地人介绍得知，204 国道最早就是由范公堤旧址改建的。范公堤是范仲淹在天禧五年（公元 1021 年）调任泰州西溪盐仓监后倡议兴修的防海堤坝。沧海桑田，堤东逐渐淤积，海岸线东移几十里，范公堤也湮没在了历史长河中，只有盐城草堰镇有少许残迹。但范公的济世情怀长存于世，传承至今。

仕途迁转的同时，范仲淹广交同好，磨炼学问，《易》《春秋》《中庸》等诸经大成，其继兴儒学的志向得到了广泛认同，声名日盛。

适逢"似曾相识燕归来"的"太平宰相"晏殊任应天府知府，他对范仲淹的才学极为赏识，邀请赋闲的范仲淹主持府学教育。应天府是范仲淹少年求学的地方，教书育人也是他的夙愿，于是他欣然领命。

范仲淹一贯重视教育，而且不只是重视科举考试，更重视儒学传承和读书育人，认为只关心考试成绩的教育是“不务耕而求获”。这话放到今天的教育界也一点毛病都没有。主持府学期间，范仲淹严厉整顿教学秩序，使诸生肃然，学风为之一清。除了整顿纪律，他在府学主要干了两件事：

一个是写“范文”，既是范先生之文，更是模范之文。他每出一个题目，都自己先做一遍，把握题目难度的同时，也供学生参考。无论是赋、诗还是策论，都不在话下。这下大家知道《岳阳楼记》的文笔是怎么磨炼出来的了吧。放到现在，估计也没几个老师能做到。

另一个就是接济贫困学生。范仲淹家境并不好，他甚至在商铺当过一段时间的小伙计，可既奉承不了老板，又欺骗不了顾客，心里只想继续求学。离家求学期间生活尤其艰苦，为了节省费用，范仲淹借宿寺庙，每天只有一大碗粥，冻成凝胶状，划成四块，撒点咸菜，早两块，晚两块，这样的日子一过就是三年。

因此，看到那些饥寒交迫的士子仍一心向学，他完全感同身受，也竭尽所能去接济他们。一日，学院里来了一位年轻人，衣衫褴褛，面带菜色。范仲淹指点学问的同时，自掏腰包送给他一万钱。一年以后，范仲淹又看到了这个年轻人，就问他怎么回事，年轻人羞愧难当："实在是家有老母要奉养，但又不想放弃求学，只好厚颜至此。"范仲淹听了很难过，于是帮他在书院谋了一份差事。年轻人从此师从范仲淹攻读《春秋》，直到范仲淹服丧期满复职离开应天府，他才回到老家。

十年后，泰山脚下有一位名叫孙复的大儒开讲《春秋》，风靡京东[3]，号称"泰山先生"。原来，他就是当年的那个年轻人。孙复与石介、胡瑗被后世并称为"宋初三先生"，是开创两宋理学的先驱。

>3. 泰山地区当时属京东路。宋朝以"路"为一级行政区划。

其实，范仲淹传道授业、扶贫济困的例子还有很多，受他思想影响的年轻人就更多了。日后在陕西戍边，他还传授给纸上谈兵的"愤青"张载《中庸》，导其向学。"愤青"终成一代宗师，开创关学，世称"横渠先生"[4]，其"为天地立心，为生民立命，为往圣继绝学，为万世开太平"的宏愿流传千古。

>4. 张载居住于陕西横渠镇，故有此称。

后来，范仲淹又传授给一个年轻军官《左传》，使其文武兼资，后官至枢密副使，相当于今天的军委副主席，在两宋足以与岳飞并称。这个军官就是"面涅将军"狄青[5]。

>5. 面涅即面部刺字。宋朝士兵要刺字为记。狄青出身行伍，为将后面涅犹存。

从这个角度看，范仲淹堪为天下师、万世师。

这期间范公诗文以各类赋论为主，颇为严整，其为人望之不欲亲近。他唯与"梅妻鹤子""暗香浮动月黄昏"的林逋交好。遥寄林逋的七绝，清新俊逸，颇有昌龄遗风：

片心高与月徘徊，岂为千钟下钓台。
犹笑白云多事在，等闲为雨出山来。

三、宁鸣而死，不默而生

天圣七年（公元1029年），汴京。

在外磨砺了十几年的范仲淹，因为《上执政书》得到宰相王曾的赏识，前一年底刚除母丧，即被召入京任秘阁校理。这是一个品级不高但很重要的职位，算是皇家图书馆的管理员。我们知道，干过图书馆管理员的人往往很厉害，比如老子。

当时宰相和执政等人都很看重范仲淹，本以为他会厚积薄发，一展胸中抱负，结果他才上任没一年，就惹祸了。

这年冬至，百官大朝，当朝的刘太后想要仁宗皇帝和百官一起向她贺寿。这是什么意思呢？普遍认为，这是刘太后向武则天靠拢的一次试探。

刘太后也不是一般人，史称其“有吕武[6]之才，无吕武之恶”。她本来是四川一位银匠的妻子，因生活所迫与丈夫一起到京师打工，结果被当时的襄王看中，可能也没办正经离婚手续，就这么稀里糊涂成了王爷的女人。谁知后来襄王成了天子，她也顺势入宫，沿着前辈武媚娘的足迹，一步步成了皇后。

>6. 汉朝吕后和唐朝武则天。——原注

当上皇后就完了吗？早着呢。刘皇后一直无子，刚好有一位宫女意外怀孕，生下一子，刘皇后把孩子抢过来自己养，这就是后来的仁宗皇帝了。后世“狸猫换太子”的传说就来源于此。

由于仁宗皇帝即位时还小，经过一系列复杂的操作，刘太后掌握了朝政大权。关键是她把国家治理得还不错，慢慢地，她就有了一些别的心思。

当时的情况是，朝中大臣基本都知道仁宗不是刘太后的亲儿子，但仁宗皇帝本人却不知道，而且对刘太后很孝顺，于是大家谁都不想当面对抗刘太后，免得两边都不讨好。这个时候，天生铁骨的范仲淹站了出来，坚决维护天子权威：“天子有事亲之道，无为臣之礼，有南面之位，无北面之仪。”在范仲淹的带头下，群臣也消极对抗，冬至朝贺的事总算不了了之。结果范仲淹还不罢休，干脆又上了一道奏章，说皇帝已经二十岁了，太后应该还政于皇帝。看到太后没反应，他又连上奏章呼吁，终于使得自己难以在京城立足，只好主动请求外放，去做河中府通判了。

可能有人说范仲淹当时是在搞政治投机，待皇帝亲政自然有回报，但看看接下来十年间他的言行就知道了，他是天生冰心铁骨。

刘太后去世，范仲淹升迁为右司谏，成了名副其实的谏官，结果不到一年，又因为谏阻仁宗皇帝废后，被贬睦州，后知苏州。他一年后回京，先是任判国子监，后晋升为权知开封府，相当于今天的北京市代理市长。

有说法认为，这次晋升是时任宰相吕夷简的花招。吕夷简是一个很有能力、但权力欲望也很强的人，干过不少拉帮结派、暗箱操作的事。这样一位宰相当然不放心把范仲淹这样一个大杀器放在身边，于是给他找了一个事务特别繁杂的职位。本以为他会忙于本职而消停一点，结果范仲淹在把开封府打理得井井有条的同时，一样没放过吕夷简。他按现在的调查统计方法，画了一幅《百官图》上呈皇帝，将朝中官员与吕夷简的关系、交集及其升迁贬谪路径一一列示，以证明吕夷简党同伐异、公器私用。

然而他没想到，更可能是想到了也不在乎，这些官员尤其是高品官员，任命都是皇帝决定的，虽然他说的是事实，但是这不是当面嘲讽皇帝的智商么？妥妥的打脸啊。吕夷简利用皇帝恼羞成怒的心理，大进谗言。朝中以欧阳修为代表的一干正直大臣实在忍不住了，上书声援范仲淹，结果正好被吕夷简抓住把柄，说范仲淹“结党”。这可是朝廷政争的撒手锏。历来大臣结党都是皇帝的逆鳞——东汉有党锢之祸，唐朝亡于牛李党争，当然，还有后来北宋的新旧党争，明朝的东林党和阉党之争。

这下动静大了，范、吕两派针锋相对，矛盾激化，史称景祐党争。可惜仁宗皇帝还是更依赖“屈伸舒卷，动有操术”的吕夷简，于是将范仲淹和他的朋友们基本全部贬斥出京。范仲淹被贬到饶州（今江西鄱阳），贬官期间妻子也不幸亡故。他后悔了吗？完全没有！范仲淹在饶州时，一位朋友[7]写信安慰他，顺便也劝他明哲保身，不要学乌鸦，警告凶讯反“招唾骂于邑闾”。范仲淹回复了一篇《灵乌赋》：

>7. 即梅尧臣。当时梅尧臣在与饶州相邻的池州为官。

> 割而可卷，孰为神兵。焚而可变，
> 孰为英琼。宁鸣而死，不默而生。

或许是冥冥之中自有天意吧，景祐四年（公元1037年），吕夷简也因为与王曾的党争而遭贬。

四、将军白发征夫泪

宋仁宗康定元年（公元1040年），延州（今陕西延安）。

举起叛旗建立西夏的李元昊，在这一年率军围困延州，以围点打援的战术在三川口大败宋军，大肆劫掠后扬长而去。此事震惊大宋朝野。西北战事吃紧，范仲淹官复原职，被调往前线。此时，吕夷简也再次拜相，而且竟然建议皇帝重用范仲淹：“范仲淹是当世贤者，朝廷要任用他，怎么能只是恢复旧职？”

十年间的贬谪流放中，范仲淹从来没有怨天尤人、得过且过，无论在哪一个职位上，他都尽心尽力抚民理政，成绩斐然。所谓“疾风知劲草，板荡识诚臣”，应该说来自敌人的肯定是最大的赞美。

其实当初范仲淹反对吕夷简专权，只是尽自己的本分，对事不对人而已，他对吕夷简的能力应该还是认可的。这次被举荐后，范仲淹从抗敌大局出发，一定程度上与吕夷简达成了和解。两人都对景祐年间的政争进行了检讨，在西夏反叛的大背景下，谱写了一曲新的“将相和”。

后来范仲淹也经历了主政的艰难，对吕夷简当初的一些做法有了更深的认识，也理解了吕夷简的一些苦衷。两人更是基本恢复了君子之交，甚至吕夷简去世后，范仲淹还专门撰文：“得公遗书，适在边土，就哭不逮，追想无穷，心存目断，千里悲风。”其悲痛之情溢于言表。

以范、吕二人关系为代表，北宋政坛上与之相似的“和而不同，矜而不伐”的君子之争屡见不鲜，令人一方面为后世宋明末期无底线、无原则、无节操的党争感到不齿，另一方面也为此类君子之争未能发展出真正的政党和民主而感到惋惜。

关键时刻，仁宗皇帝对范仲淹坚韧的品格和卓越的才能也给予充分肯定，遂将其擢为龙图阁直学士，任陕西经略安抚副使，不久又允其兼知延州。这一年范仲淹已经五十二岁了。

来到延州，面对大败之后的复杂局面，范仲淹心情复杂：

> 塞下秋来风景异，衡阳雁去无留意。四面边声连角起。千嶂里，长烟落日孤城闭。
>
> 浊酒一杯家万里，燕然未勒归无计。羌管悠悠霜满地。人不寐，将军白发征夫泪。

这一首《渔家傲·秋思》一洗五代以来的花间习气，一向被认为是豪放派词作的源头，应该说对后来的苏东坡、辛弃疾都有一定的影响。

多说一句，范仲淹流传的诗近三百首，但词很少，只有五首。是他不通音律吗？应该不是。按陆游的说法，范仲淹擅抚琴，一辈子尤好《履霜操》，以言高洁之气和自省之心。笔者觉得，他填词少主要是因为宋初文坛普遍认为“诗庄词媚”，这就限制了词作风格。与范仲淹同时代的填词高手晏殊、柳永、欧阳修、张先等人的词作均以浓艳纤巧或秀丽清新为主，这种风格不符合范公的形象，因而范词较少。

到任西北后，范仲淹经过深入调查，认清了西夏与宋朝的对峙态势。与当时朝野普遍认为西夏只是“疥癣之患”的盲目乐观情绪不同，范仲淹清醒地认识到了西夏对宋朝西北乃至整个北方防御体系的威胁。在这个指导思想下，他调整了对策，放弃速胜的想法，构筑堡、寨巩固防线，压缩西夏的战略空间，同时大力练兵，改变军事管理体制，培养了一大批知兵的将领，狄青就是其中的杰出代表。

在与西夏的局部军事冲突中，范仲淹沉稳果敢，部署得当，使得西北防线日渐稳固。西夏人尊称范仲淹为“小范老子”，对其又敬又惧，传言“今小范老子腹中有数万甲兵，不比大范老子[8]可欺也”，因此一时间不敢犯边。当时，西北民谣有“军中有一范，西贼闻之惊破胆”的句子，颇有盛唐时期西北边民传唱“北斗七星高，哥舒夜带刀”的风采。

>8.“大范老子”指范雍，三川口之战时的振武军节度使、延州知州。——原注

但是公平地讲，宋朝文臣统兵的传统，以及所谓“八十万禁军”的外强中干，导致当时宋朝军队真的不具备消灭西夏的实力，况且此时还有一个辽国在旁边虎视眈眈。

宋军整顿好了防务之后，西夏见占不到便宜，于是就想议和。这个节骨眼上，另一位陕西经略安抚副使韩琦，不听范仲淹的劝阻，派兵伐夏，在好水川中伏大败。韩琦在回军途中还被战死将士的家属拦着马头撒纸钱羞辱。此战之后，刚有好转的对夏局面全面崩坏。

李元昊占够便宜，终于肯谈判了。他挟大胜之威，在国书里对北宋极尽狂妄羞辱之能事。范仲淹为顾全朝廷颜面烧掉了国书，结果却因违背“人臣无外交”

的原则而被贬为耀州知州。

写于西北边塞军中的《苏幕遮》，或许正是他彼时惆怅心境的映照：

碧云天，黄叶地，秋色连波，波上寒烟翠。山映斜阳天接水，芳草无情，更在斜阳外。

黯乡魂，追旅思，夜夜除非，好梦留人睡。明月楼高休独倚，酒入愁肠，化作相思泪。

五、问白发如何回避

宋仁宗庆历三年（公元1043年），汴京。

天章阁中，正在进行一场特殊的考试。

此时西夏议和大局已定，范仲淹刚刚被召回京，群臣推举他为参知政事[9]。他曾反复向皇帝说明：西夏狼子野心，议和必不长久，自己还是回西北戍边为上。可仁宗不许，仍宣麻拜相，擢升范仲淹为参知政事，并在天章阁问询治国之道，由范仲淹书面作答。

>9. 北宋前期和南宋建炎三年（公元1129年）后，参知政事即副宰相的官职名。后文还会多次提到。
——原注

范仲淹所呈答案的中心思想就是社会在前进，事物在发展，变革是不可避免的，即《易》所谓“穷则变，变则通，通则久”的道理。他提出十条具体举措：明黜陟、抑侥幸、精贡举、择官长、均公田、厚农桑、修武备、减徭役、覃恩信、重命令。

仁宗皇帝认可了范仲淹的答案，欧阳修等人也纷纷上书支持。这十条建议遂定为法令，正式施行，史称“庆历新政”。

其实范仲淹不是不知道，此时改革时机并不好，问题虽然已经显现，但体制内的绝大部分人并未察觉。他心底也明白调和阴阳的难度不是一般的大，但强烈的责任感和担当意识仍促使他站了出来。

此次新政，“抑侥幸”断了一大批高官子弟恩荫入仕的路子，“精贡举”又改变了辞赋取士的科举导向，“修武备”更是公开质疑京城禁军的战斗力。总之，文武官员和读书人都受到了较大的影响，在别有用心之人的煽动下，朝中渐渐形成了抵制新政的狂流。仅仅一年以后，朝廷分裂之势已经很明显了，朝官互相攻讦不断，手段开始突破政争底线，甚至有人造谣范仲淹参与废立皇帝的密谋。虽然仁宗皇帝并不见得相信这么幼稚的谣言，但仍不胜其烦，再加上面对改革的困难，他还是准备退缩了。

关键时刻，欧阳修上了一篇《朋党论》，公开宣称君子有朋，小人无朋，也就是承认了“我们就是朋党”。可皇帝才不管你是君子朋还是小人党，但凡结党肯定会威胁君权啊。文章写得越有气势，皇帝看到就越反感，正所谓南辕北辙。

这真是，不怕神一样的对手，就怕猪一样的队友。为尊者讳，就不批评醉翁了，毕竟这也是笔者很喜欢的一个老头，不过有的时候他确实有点大嘴巴。

终于，还是熟悉的配方、熟悉的味道，“朋党”风波又起。导火索是一件小得不能再小的事：时任监进奏院的苏舜钦，用卖废纸的钱设了一次酒宴。用公款请客虽有不妥，但也是依惯例而行。进奏院是地方官员进京汇报工作的接待和安置之所，往来人等复杂，加之仁宗朝风气较为宽松，酒宴之上大家难免指点江山、激扬文字。但在“庆历新政”矛盾日益尖锐的时候，作为支持新政的中青年官员聚会，就被“有心人”抓住了把柄。先是有人弹劾苏舜钦监守自盗，然后又有人找出了参加宴会的集贤校理王益柔的一篇诗作《傲歌》，其中有两句：“醉卧北极遣帝扶，周公孔子驱为奴。”这一下捅了马蜂窝，御史言官一拥而上，罪名越加越重，借此掀起了一波大狱，先后处分十余人。

明眼人都知道，这次风波是典型的“项庄舞剑，意在沛公”。苏舜钦、王益柔本身确有不检点之处，但他们实质上最大的罪过就是支持新政。更重要的是，他们俩都曾得到过范仲淹的推荐。按当时的惯例，官员犯事，举荐之人也脱不了干系。于是范仲淹自请出外，出知邠州（今陕西彬州），兼领陕西四路缘边安抚使。大体就在欧阳修等人为他送别的酒宴之上，范仲淹填了一首《剔银灯》：

> 昨夜因看蜀志。笑曹操、孙权、刘备。用尽机关，徒劳心力，只

> 得三分天地。屈指细寻思，争如共、刘伶一醉。
>
> 人世都无百岁。少痴騃、老成尪悴。只有中间，些子少年，忍把浮名牵系。一品与千金，问白发、如何回避？

全词浅白如话，但沉郁顿挫，别有怀抱。在北宋词坛仍旧笼罩在花间习气下之时，这首词有奇峰突出之感，能看到后来稼轩词中很多咏史名作的影子。

不久之后，富弼、韩琦、欧阳修等人都被贬斥，新政尽废。天下仍旧是那个样子，甚至某种程度上更糟糕了。

六、先天下之忧而忧

庆历六年（公元 1046 年），邓州。

退居闲职休养的范仲淹接到了好友滕宗谅（字子京）的来信。“庆历新政”时期，滕子京被人弹劾贪污公使钱，贬谪到了巴陵（今湖南岳阳）。滕子京贬谪之后虽然痛苦，但仍尽心尽力，积极治理地方，还重修了当地名胜岳阳楼。

滕子京在信中介绍了自己的近况，并附上一幅《洞庭秋晚图》，请范仲淹为岳阳楼写一篇记。在从没有到过岳阳楼的情况下，范仲淹将自己辗转半生的经历、忧国忧民的思想、家国天下的情怀融为一体，遂成千古雄文《岳阳楼记》：

> 不以物喜，不以己悲。居庙堂之高则忧其民，处江湖之远则忧其君。是进亦忧，退亦忧。然则何时而乐耶？其必曰“先天下之忧而忧，后天下之乐而乐”乎。

关于这篇文章，还有个说法是，范仲淹模仿了杨亿的《涵虚阁记》，尤其是其中写景的部分。比如《岳阳楼记》描写：

> 春和景明，波澜不惊，上下天光，一碧万顷；沙鸥翔集，锦鳞游泳；岸芷汀兰，郁郁青青。

再来看看《涵虚阁记》：

> 春之晨，杂芳被堤，绿波如染，可以临清流而赋诗。夏之昼，凉飔拂衽，炎云成峰，可以登高明而逃暑。潦收水清，群木摇落，可以咏秋气于楚词。岁暮天寒，密雪飞舞，可以歌南山于周雅。

这一点在庆历年间多有人提起，范仲淹也从未否认过。应该说，两篇文章遣词造句相似度不算高，更多的是文体格式上的模仿。杨亿是北宋初期西昆体的代表人物。所谓西昆体，是指诗学李商隐，讲究辞藻华丽、对仗工整、音韵优美。与之相对应的文风，也比较类似，《涵虚阁记》就有很明显的赋体骈文味道。而到了仁宗庆历年间，正是文风改革时期，以欧阳修为代表的文人倡导的古文运动逐渐成风，因此《岳阳楼记》在保留了骈文色彩的同时，述怀部分又呈现出典型的韩柳古文风格。

这两篇文章的差距，主要在思想境界上。《岳阳楼记》写景本来就是模仿，因为范仲淹从来没有去过岳阳楼。再说了，景色描写只是引子，真正光耀千秋的是“不以物喜，不以己悲”“居庙堂之高则忧其民，处江湖之远则忧其君”“先天下之忧而忧，后天下之乐而乐”的君子之风和高洁情操。

至此，被贬时“用尽机关，徒劳心力”的愤懑之气已经一扫而空，范仲淹重新审视了自己的人生道路和选择，得出的结论大概就是那句“亦余心之所善兮，虽九死其犹未悔”吧。

宋仁宗皇祐元年（公元1049年），范仲淹调任杭州。第二年吴中遭遇大饥荒，后来沈括的《梦溪笔谈》详细记载了范仲淹的应对方法：吴越一带人喜欢赛龙舟之类的游戏，而且崇信佛教，于是范仲淹一方面鼓励百姓赛龙舟，而且每日亲自游湖饮宴观赛，引得杭州城百姓扶老携幼出游；另一方面还号召各大寺庙住持，建议他们趁大灾之年工钱便宜的好时机，大兴土木扩建佛寺。

乍一看，这种做派完全和“先天下之忧而忧，后天下之乐而乐”的志向背道而驰嘛。于是监察官员上疏弹劾范仲淹灾荒之年奢靡无度，毫不体恤百姓。范仲淹上书解释：之所以要鼓励赛龙舟和兴建佛寺，是要调发民间余财，鼓励消费来救济贫民。结果，这一年两浙地区只有杭州的赈灾最为得力，而且朝廷也将“以工代赈”作为法令固定下来，后世历朝历代一直照此办理。

果然，范仲淹还是那个心忧天下的君子。多说一句，范公的智慧也让人钦佩。笔者是学经济的，范公赈灾的做法，让人想到了西方经济学的凯恩斯主义和美国大萧条时期的罗斯福新政。

七、尾声

宋仁宗皇祐四年（公元1052年），徐州。

“庆历新政”失败已经快八年了。八年间，范仲淹虽然声望日隆，但与他不合的当政诸公也更不放心他回到朝堂，于是他不停迁任，辗转邠州、邓州、杭州、青州等地。每到一地，他必尽心抚民理政，政绩卓越。但越是深入地方，他对盛世之下掩盖的危机就越清醒，而日渐衰朽的身体又一直提醒着他时不我待。青州任上登表海楼的时候，他写下了：

一带林峦秀复奇，每来凭槛即开眉。
好山深会诗人意，留得夕阳无限时。

好山好水之间，他每每兴起的，却是“夕阳无限好，只是近黄昏”的慨叹。

可惜老天并没有给这个清醒的老头更多的时间。他的最后一任官职是颍州知州，结果没能坚持到任，半路上他就在徐州病倒，并最终不治，当年五月二十日病逝于徐州，后归葬洛阳伊川，谥文正，史称范文正公。按司马光的说法，谥号之美可谓“极于文正”。

他去世后还有一个小插曲。范仲淹的神道碑[10]铭由欧阳修所写，铭文高度褒扬了他一生的功业和品德，但成文后，范仲淹之子范纯仁强烈要求删掉关于范仲淹和吕夷简和解的记载：“……二公欢然相约，勠力平贼。天下之士皆以此多二公。”

>10. 立于墓前神道旁的石碑，起初只记录死者的姓氏、官职等，后来发展为记载死者生平事迹。在宋朝，只有达到一定地位的人才可立神道碑。

范纯仁坚持没这回事，说范仲淹没有和吕夷简和解。欧阳修大怒：“此吾所目击，公等少年，何从知之？”

范纯仁最终还是在刻碑的时候删掉了这一段，导致欧阳修拒不承认刻好的碑文是自己的文章，并且在整理自己的文集时将原文原样收录。以欧阳修大历史学家的操守，当不至于虚美隐恶，只能说，各有各的立场吧。就范纯仁来说，景祐党争中父亲被贬，导致母亲在颠沛流离中病逝，大概是他永远无法释怀的痛。君子之争，终不可再续，令人唏嘘。

碑铭是别人的评价，而范仲淹临终所上的遗表，则是自己的总结和思考。让人意外又感动的是，遗表中并无一字涉及子孙和私事，全部是对君王的殷殷劝诲：

> 上承天心，下询人欲，明慎刑赏，
> 而使之必当；精审号令，而期于必行。
> 尊崇贤良，裁抑侥幸，制治于未乱，
> 纳民于大中。

让人第一时间就想到了《出师表》。陆游问："出师一表真名世，千载谁堪伯仲间？"笔者觉得范仲淹的遗表完全当得起"伯仲间"三字。

苏东坡在给《范文正公文集》作序时评价：

> 其于仁义礼乐，忠信孝弟，盖如饥
> 渴之于饮食，欲须臾忘而不可得。
> 如火之热，如水之湿，盖其天性有
> 不得不然者。

最后，借用范仲淹评价东汉隐士严子陵的话来评价他自己吧：

> 云山苍苍，江水泱泱，先生之风，
> 山高水长。

欧阳修·第 三

痴绝人生岂止风月

宋仁宗嘉祐二年（公元1057年）正月。

经历了“庆历新政”的失败，却阴差阳错博得“醉翁”美名的欧阳修，被任命为权知礼部贡举，成为这一科进士的主考官。

这一年欧阳修已经五十一岁了，一路行来，誉满天下，谤亦随之。按道理来说，人生已至“醉翁之意不在酒，在乎山水之间也”的境界，依着北宋仁宗朝的政治生态，欧阳修完全可以当一个不管事的富贵闲人，但一生痴绝的欧阳修仍旧顶着巨大的压力，力主改革文风，尽心尽力为国选才，终于成就了号称“千年第一龙虎榜”的盛况。

虽然宋代为显示“恩出于上”，杜绝主考官市恩结党的可能，在科举中正式首创殿试[1]，进士号称“天子门生”，但这一年取中的那批进士，大部分仍旧视欧阳修为师。其中“唐宋八大家”就占了三席——苏轼、苏辙、曾巩，还有开创程朱理学的程颢、开创关学的张载、收复河湟的王韶……单纯从政坛上看，一科进士出了九位宰相，也堪称空前绝后，他们深刻影响了大宋王朝的命运。

>1. 一般认为殿试在宋朝正式成制，而具体起源则说法不一。

一、仕宦希寸禄

宋真宗景德四年（公元1007年），欧阳修出生于绵州（今四川绵阳），当时他的父亲任绵州军事推官。

庐陵（今江西吉安）欧阳氏算是官宦世家，根据欧阳修自己编订的族谱，他们是唐初书法家欧阳询的后代。由于欧阳修文章大家的身份，这份族谱甚至成为后世族谱的典范。但唐末五代十国社会纷乱，很多资料保存并不完整，多为口口相传，其中又多有遗漏，这导致他作为欧阳询后裔的身份，经常受到政敌的诘难。

最为人诟病的是，谱系中间有佚失之处。比如宋人就指出，从欧阳询到唐末黄巢起义时做过吉州刺史的欧阳琮，近三百年才有五代人；可从欧阳琮到编撰族谱的欧阳修，不到两百年就过了十六代人，而且中间还有七代无谱。以中国历来对血脉传承的重视，出现这种情况基本可以算传承断绝了，所以当时有人嘲笑欧阳修攀附名人为祖先。不过在战乱频繁的古代，这种佚失的情况其实在所难免。不管怎么说，笔者感觉他的做法还是比李唐皇室攀附老子李耳的先例要靠谱一些。另外，以现在的眼光来看，欧阳修可能比欧阳询出名多了。

不管先祖如何显赫，欧阳修的出身只能说寒微。他的父亲欧阳观出仕很晚。欧阳修出生的时候，父亲已经五十多岁了。欧阳修才四岁，父亲就去世了，孤儿寡母只好到随州投奔欧阳修的叔父。

接下来他的人生轨迹我们就很熟悉了：贫寒少年，天资聪颖，过目不忘，刻苦求学……基本上算是小说中才子类型男主角的情节模板。其中最为人津津乐道的故事是，欧阳修小的时候学写字无钱买纸，母亲折芦苇秆为笔，在沙地上教他写字。稍大一点后，由于无钱买书，欧阳修经常借书抄阅，往往没有抄完就背下来了。

少时求学经历中，对欧阳修影响最深的人是他的母亲。知书达理的母亲培养了欧阳修独立健全的人格。母亲时时给欧阳修讲述父亲的事迹，告诫他要仁厚爱民、廉洁自俭，这成了欧阳修一辈子的人生信条。

但笔者私下揣测，这种教育方式未必没有弊端。由于父亲这个充当人生导师的角色完全依靠母亲转述和自己想象，难免过于"伟光正"，后来欧阳修与人交往，尤其是与同辈同僚交往，坚持原则的同时往往会过于苛刻。在他心底自是坦荡无私，但别人却不易接受。连欧阳修的老师，出了名的老好人"太平宰相"晏殊，都评价欧阳修说："吾重修文章，不重他为人。"

求学阶段，另一个深刻影响了欧阳修的人则是韩愈。说起来也颇为传奇，欧阳修去找同乡富户的孩子时，在富户家的竹筐中偶然拾到了一部残缺的《昌黎先生文集》，拜读之后如痴如醉，还逐渐将韩愈的文章作为追求的目标。这才有了后来北宋的古文革新和嘉祐二年的科举盛况。

当然，少年欧阳修不可能有文宗的自觉，更不可能有改革的志向。他读书的目的刚开始一样很朴素，就是像真宗皇帝说的“书中自有黄金屋”那样，靠做官这条路来改善他和母亲“饥寒谈孔孟”的生活。他在诗里明确说：

仕宦希寸禄，庶无饥寒迫。
读书事文章，本以代耕织。

至于“禄厚愈多责”“无轻食人食”的觉悟，则是学成做官以后才有的了。

宋仁宗天圣元年（公元1023年），十七岁的欧阳修自觉已学有所成，参加了随州的解试，谋求入京参加贡举的机会。他文章写得很精彩，对仗工整，挥洒自如，但莫名其妙地落榜了。考官给出的理由是，他未能严格按照规定的韵脚来写赋，所以黜落。

那不要紧，下次注意就好。三年后的下一科，欧阳修终于通过了随州解试，被推荐到开封参加礼部省试，也就是俗称的考进士，结果又落榜了。在开封接触了形形色色的考生，衡量了各人文章水平之后，欧阳修终于醒悟，自己两次落第，不是水平问题，更不是押韵问题，归根结底是文风问题。

他自小崇拜、模仿、实践的韩昌黎文风，在当下的科举考试中并不讨喜。经过五代时期武夫乱政，教化没落，文章一度失去了文以载道的张力，流于空洞华丽、堆砌辞藻。北宋初期流行的所谓西昆体，特指模仿李商隐，追求极致华美的文风，极端讲究典故、对仗、音韵等形式，就是不太讲思想和内涵。简单点说就是炫技和自娱自乐，刻薄一点评价就是刻意雕琢，糊弄外行。

欧阳修确实是喜欢韩愈、柳宗元的古文，但并不是不会写赋体骈文，只是不太看得上罢了。既然还打算科举出仕，那就忍一忍吧，对他来说，改改文风也不是什么难事。

天圣六年（公元 1028 年），欧阳修带着自己的文章拜访了时任汉阳知军胥偃。胥偃对欧阳修的文章极为赞赏，断言“子当有名于世”，于是将欧阳修留在自己门下悉心教导，还在各种场合不遗余力为他扬名。

第二年，二十三岁的欧阳修以第一名的成绩通过了国子监的入学考试，不久后又在国子监的解试中考了第一，取得了国子监推荐参加礼部省试的资格。第三年，在晏殊任主考官的省试中，欧阳修又是第一。看看，只要愿意写，不管是韩柳古文还是西昆体的“时文”，通通不在话下。

直到仁宗皇帝亲自主持的殿试中，欧阳修的名次才降了下来，排在甲科第十四。欧阳修当时深以未考取状元为憾。不过坊间传言，其实是一众考官和仁宗皇帝出于爱护人才的考虑，怕他少年得志，锋芒过极易折，有意压了一压。

进士及第后不久，欧阳修被任命为西京留守推官，到洛阳任职。金榜题名的同时，洞房花烛也就顺理成章了。恩师胥偃把自己疼爱的小女儿嫁给了欧阳修。这一年他二十五岁，胥夫人十五岁，怎一幅春风得意、风月无边的画面。他在给新婚妻子填的《南歌子》中唱道：

> 凤髻金泥带，龙纹玉掌梳。走来窗下笑相扶，爱道画眉深浅入时无？
>
> 弄笔偎人久，描花试手初。等闲妨了绣功夫，笑问双鸳鸯字怎生书？

所谓闺中画眉之乐，不过如此。

在西京洛阳留守幕府期间，欧阳修还结识了谢绛、尹洙、梅尧臣等一众好友，与他们志趣相投，往来相得。时任西京留守钱惟演，是举国归宋的吴越王[2]的后代，同时本人是西昆体最主要的名士之一，但他对推崇古文、贬斥时文的欧阳修等人却极为宽厚，简单点说就是欧阳修等人可以尽情饮宴优游、诗歌唱和，事不用管，钱不用付。

>2. 吴越是五代十国时期的十国之一。宋太宗太平兴国三年（公元978年），吴越王钱俶纳土归宋。

一次，欧阳修等人去嵩山游玩，返回的时候遇大雪阻路。钱惟演居然派了一批厨师、乐师、歌伎来伺候他们，并告诉他们不必急着回去，可以顺便赏赏雪。这样的上司，实在是不多见。

二、此恨不关风与月

可惜快乐的日子总是短暂的，既然投身官场，就注定了不会在一个地方任职太久，更何况是号称“养老院”的西京洛阳。某年春天，欧阳修在与友人[3]重游洛阳城东时，莫名有兴尽悲来之感，便填了一首《浪淘沙》：

>3. 一说即梅尧臣。

> 把酒祝东风，且共从容。垂杨紫陌洛城东。总是当时携手处，游遍芳丛。
>
> 聚散苦匆匆，此恨无穷。今年花胜去年红。可惜明年花更好，知与谁同？

虽说是化用了刘希夷《代悲白头翁》中“年年岁岁花相似，岁岁年年人不同”之诗意，但更为情真意切。

欧阳修预料到了宦海浮沉和聚散无常，但他没想到，先到来的居然是挚爱的生离死别。宋仁宗明道二年（公元 1033 年）三月，胥夫人不幸病逝，年仅十七岁，此时，他们的孩子还没满月。欧阳修悲痛欲绝，在梦里追思伊人，写下了《述梦赋》：

绿发兮思君而白，丰肌兮以君而瘠，
君之意兮不可忘，何憔悴而云惜？
愿日之疾兮，愿月之迟，夜长于昼兮，
无有四时。虽音容之远矣，于恍惚
以求之。

与元稹的“唯将终夜长开眼，报答平生未展眉”和苏轼的“十年生死两茫茫，不思量，自难忘”相比，深情哀婉不遑多让，可并称悼亡诗、词、赋之三绝。

然后在当年年底，钱惟演改任，谢绛任满还京，梅尧臣也赴京准备参加科举。爱人、师长、挚友，一一离别，欧阳修的心底郁结了多少愤懑和愁绪，通过后来的一件小事可见一二。

钱惟演离任后，西京留守的继任者是王曙。他是隋末唐初著名诗人、狂士、酒鬼王绩[4]的后代。但与先祖的做派不同，王曙出了名的刚直方正，为政严峻，是一个老派夫子类的大儒。在仁宗为皇太子时，王曙因为饱学和刚正，还曾经被选为太子的老师。

4.“初唐四杰”之一王勃的叔爷爷。——原注

以王曙的这种性格，他对欧阳修等人成天喝酒玩乐的观感可想而知。多次训诫他们却收效甚微之后，王曙终于发火了，在一个正式场合狠批欧阳修：“诸君知道曾左右天子、打赢了澶渊之战的莱国公寇准，晚年为什么会招祸，客死他乡吗？正是因为他纵情声色，不拘小节！”要知道，寇准可是王曙的老丈人。

看到上司发火，别的人都唯唯诺诺，只有本来就郁郁寡欢的欧阳修，冷冷地回了一句：“依我之见，莱

国公招祸，正是因为他老不知止！”就差没说“老而不死谓之贼”了。后来闻名朝野的毒舌初见端倪，把当时年逾古稀的王曙顶得哑口无言。

没过多久，欧阳修自己的任期也满了，要返京等待新的任命。嵩山洛水留下了太多美好的回忆，离开洛阳前，欧阳修满含深情，在一首《玉楼春》中写尽了不舍与惆怅：

尊前拟把归期说，未语春容先惨咽。人生自是有情痴，此恨不关风与月。

离歌且莫翻新阕，一曲能教肠寸结。直须看尽洛城花，始共春风容易别。

回到汴京之后，欧阳修被推荐参加学士院选拔考试，有望在馆阁任职。要知道宋代馆阁的职位再清贵不过，历来被视作宰辅的培训班。进入馆阁，基本上算是进入了仕途上升的快车道，故入选条件历来苛刻。出身贫寒的欧阳修是怎么得到这个机会的呢？原来是时任枢密使的王曙力荐。其人胸怀和君子之风，不得不让人神往！

通过考试后，欧阳修被任命为监察御史、馆阁校勘。虽然仕途得意，但生活的不如意还在继续。上任没多久，他新娶的杨氏夫人在婚后不到一年也病逝了。打击之下，欧阳修自己描述自己已“心衰面老”。

生活如此，仕途又真的得意吗？监察御史可以参与朝政，馆阁校勘可以广览多读、知古鉴今，于是欧阳修开始逐渐展现自己耿介敢言的一面。其时正逢刘太后病逝，年轻的仁宗皇帝登基十一年后终于亲政，加之当时继承自五代时期的很多政治框架已经积累了不少问题，内外部的环境也与开国之初大为不同，治政思路开始出现守旧和革新两股方向。志向远大且有着史学家敏锐眼光的欧阳修，自然而然站在了革新一边，尤其受革新派代表人物范仲淹的人格感召，秉持公心直道，频频发声。

朝廷的政争，在范仲淹上《百官图》，直指宰相吕夷简培植私党、干扰朝政后达到高潮，但最终以范仲淹被贬饶州，革新派全面失势告终。朝堂之上吕夷简达到权威的顶峰，他还顺势颁布了“戒百官越职言事”的禁令，使大小官员噤若寒蝉。唯有集贤校理余靖、馆阁校勘尹洙上书为范仲淹鸣冤，言辞激烈，很快也被吕夷简打击报复，贬斥出京。

本来由于洛阳旧友尹洙等人的遭遇，欧阳修已经很是不平了，结果时任谏官首领之一的司谏高若讷却甘为吕夷简的爪牙，指责范仲淹罪有应得。欧阳修出离愤怒，不顾禁令，写了《与高司谏书》，直接说：“昨日安道（余靖）贬官、师鲁（尹洙）待罪，足下犹能以面目见士大夫，出入朝中称谏官，是足下不复知人间有羞耻事尔。”有没有觉得熟悉？完全是诸葛亮骂死王司徒的画面感嘛。

结果不出意外，高若讷抓住仁宗猜忌的心理，将欧阳修的言论往朋党干政上引，使仁宗以妄言的罪名将欧阳修贬斥为夷陵令。

在洛阳期间，欧阳修曾南下随州看望叔父，填的是《踏莎行》，满眼“候馆梅残，溪桥柳细”，“平芜尽处是春山”，连离愁都是“迢迢不断如春水”。如今南下夷陵（今湖北宜昌），行舟之上却已没有填词的雅兴，留下的诗句也是迷茫、困顿的：

孤舟日日去无穷，行色苍茫杳霭中。
山浦转帆迷向背，夜江看斗辨西东。
滮田渐下云间雁，霜日初丹水上枫。
莼菜鲈鱼方有味，远来犹喜及秋风。

虽然引用了西晋文人张翰思乡的典故[5]，但才接触朝政，家国天下的情怀未及一展的欧阳修，怎么可能甘心就此回乡呢？更多的只是自我宽慰罢了。

>5. 张翰为官时因见秋风起，思念故乡的菰菜、莼羹、鲈鱼脍，于是辞官归去。——原注

位于巴山楚水之间的夷陵，当时是宋王朝最穷苦偏僻的地界，可能也就比海南的天涯海角强一点。初至夷陵的欧阳修，在县衙想找一本《史记》都不可得。检视往来公文，尽皆粗鄙不堪，更可怕的是，刑狱案卷也是错漏百出。性格坚毅的欧阳修，没有怨天尤人，而

是以儒者的胸怀，发出了“夷陵荒远偏小尚如此，天下固可知矣”的感慨。

夷陵的贬谪岁月，成为欧阳修仕途和人生的重要转折。他从洛阳花下客变成了胸怀苍生、实心任事的能吏，并告诫自己“文章止于润身，政事可以及物”，相应地文风也为之大变，奠定了复古文风进而革新政事的基础。清代乾隆年间的状元庄有恭评价他“庐陵事业起夷陵，眼界原从阅历增”。真应了“祸兮福所倚，福兮祸所伏”的老话。

三、如此春来春又去

宋仁宗景祐四年（公元1037年）十二月，朝廷诏令欧阳修调任乾德令。虽然是平调，但从偏僻的夷陵到离汴京近得多的乾德（今湖北老河口），算是减轻处罚的意思。这主要是因为政治气候的变化：在景祐党争中的胜利，虽是吕夷简权位的巅峰，但他不遗余力打击异己的做法，也削弱了守旧一派的号召力。

以告刁状的高若讷为例。范仲淹、欧阳修等人出京后，书法“宋四家”之一的蔡襄，还专门写了一组《四贤一不肖》诗，高度赞扬范仲淹、欧阳修、余靖、尹洙四人的人品道德和功绩，对高若讷则是极尽挖苦讽刺之能事。诗成之后，一时之间竟然造成了汴京纸贵的盛况。出使辽国的北宋使臣回朝后说，连在幽州馆驿的墙上，都能看到这组诗。高若讷真是丢人丢到国外去了。人心向背，可见一斑。

于是优柔寡断的仁宗又有所松动，在将欧阳修调任乾德的同时，也将范仲淹和余靖分别调任润州和泰州。

宋仁宗宝元元年（公元1038年）十月，本为宋朝藩属的李元昊悍然称帝，建立西夏。内忧外患之下，北宋王朝的政治、经济、社会矛盾日渐尖锐，旧的框架已经被证明是不合适的，改革刻不容缓。尤其是康定元年（公元1040年），宋朝与西夏在三川口大战，宋军大溃，朝野震动，仁宗皇帝甚至一度想退守潼关，尽弃关西之地，在富弼的力谏下才作罢。这种背景下，革新派的各项主张开始成为主流，党派之争也暂且让位于外敌之患，范仲淹被任命为陕西经略安抚副使，开始执掌西北边事。

范仲淹还未正式到任，就向朝廷举荐欧阳修担任陕西经略掌书记，但欧阳修推辞不就。他表面上给的理由是侍奉母亲和不留朋党口实，实际上真正的想法却并非如此。他曾与朋友谈起："吾论范公，岂以为利哉？同其退不同其进可也。"原来，秉持公心的欧阳修不喜欢这种带有"酬功"性质的举荐，虽然范仲淹未必这么想，但欧阳修却过不了自己这一关。

欧阳修最终还是被召还朝，先是复职馆阁校勘，接着又一路升迁，转太子中允、集贤校理，直至庆历三年（公元1043年）加知谏院、知制诰，成为朝廷的谏官首脑和笔杆子之一，已经是宰执之下的高级官员。这一年他三十七岁，正是年富力强的年纪。

对了，集贤校理任上时，曾有学生投书自荐，欧阳修对其激赏不已，当面教诲，还在多个场合为其扬名。这名学生就是曾巩。

适逢吕夷简年老罢相，范仲淹从陕西任上被召回朝任参知政事，执掌朝政，甫一到任就上书《答手诏条陈十事》，揭开了“庆历新政”的大幕。欧阳修大为振奋，在谏官任上不避亲仇、不计毁誉，火力全开，力求为新政扫平障碍。以欧阳修的性格，得罪了许多人，他仍不自知，或者说知道了也不在乎。

笔者本来想选一首词，体现一下欧阳修这段时期昂扬奋发的状态，结果找来找去就是找不出合适的。没有办法，北宋早年间“诗庄词媚”可不是随便说说的：诗以言志，抒发大道；词以寄情，用作消遣。尤其在东坡以文人词之前，诗、词两者之间的藩篱更为明显。

反映到创作上，虽然欧阳修等人已经有意无意在将乐工词向文人词转变，但仍旧没有彻底脱离五代时期“词为艳科”的习气。词的题材、内容都相对狭窄，甚至作者本人都不甚重视，随填随弃。词作往往无法考证写作时间、创作背景等信息，有些甚至连作者是谁都说不清楚。

比如著名的“庭院深深深几许”就有冯延巳和欧阳修两个出处，“衣带渐宽终不悔”到底是柳永写的还是欧阳修写的也有争议[6]，还有“月上柳梢头，人约黄昏后”的作者也有朱淑真和欧阳修两种说法。

>6. 主要是王国维认为，柳永的人生不可能有这等境界。——原注

事实上后来欧阳修两次摊上风月官司，都和一些似是而非的艳词有关，吃了老大的亏。

没办法，改录一首诗吧——《滑州归雁亭》：

长河终岁足悲风，亭古台荒半倚空。
帷有雁归时最早，柳含微绿杏粘红。

一片荒芜中，鸿雁南归，花柳萌发，蕴含无限生机和希望，或可稍稍窥见欧阳修当时的心情。

可惜，范仲淹在改革中触动了太多人的利益，从西北前线归来的他又因心忧时事而操之过切，朝中反对的风潮渐起。“庆历新政”推行不过几个月，夏竦等人就利用仁宗优柔反复的老毛病，开始大造舆论，构陷范仲淹结党，为新政的失败埋下了祸根。

到庆历五年（公元 1045 年）春，新政仅仅艰难维持了一年有余，就在守旧派的死缠烂打中落下帷幕，惨淡收场。其时欧阳修暂被外调到真定府（今河北正定），心情苦闷之下借酒遣怀，填了一首《浪淘沙》：

今日北池游，漾漾轻舟。波光潋滟柳条柔。如此春来春又去，白了人头。

好妓好歌喉，不醉难休。劝君满满酌金瓯。纵使花时常病酒，也是风流。

四、醉翁之意不在酒

在新政引发的宦海风波中，反对派以“朋党”的罪名，将范仲淹、富弼、欧阳修等人全部打发出京外任。欧阳修还留下了千古奇文《朋党论》，可惜辩白自身、展现风骨的同时，不异于自承朋党之事。于是形势愈发不可收拾，更大的危险来袭。

先是夏竦指使婢女伪造书信，构陷富弼阴谋废立皇帝；后是与欧阳修同年及第的王拱辰从苏舜钦等人在进奏院卖废纸换酒喝这点小事上纲上线，牵连到当初推荐苏舜钦的范仲淹身上。在诸如此类的舆论包围下，富弼和范仲淹最终双双被免职。但与他们两位相比，欧阳修受到的构陷尤为龌龊。

欧阳修的妹夫张龟正去世后，妹妹回娘家寡居，托庇于欧阳修。她还带回了一个七岁的小女孩，是张龟正前妻所生，与欧阳修并无血缘关系。此女长大后，嫁给了欧阳修的堂侄欧阳晟，结果与欧阳家的仆人私通，被押送至开封府论罪。为了开脱自己，此女在他人怂恿之下，相信了类似“立功表现”的鬼话，一口咬定欧阳修与其有私情，还写过艳词给她，即“江南柳，叶小未成阴。人为丝轻那忍折，莺怜枝嫩不胜吟。留取待春深”，直指欧阳修有恋童癖。

虽然开封府审理此案的官员根本不信，直斥此女胡说八道，但如此香艳的八卦消息，尤其是牵扯到了平日里正气凛然、油盐不进的欧阳修，立刻就使得一干宵小如同逐腐之蝇，莫名兴奋起来。

宰相贾昌朝先是怒斥了初次审理此案的官员，又指派亲信审理案件，欲穷究欧阳修之罪，还假模假式请求宫中派人监督，以示公正。欧阳修的政敌们推荐监督审理的宦官名叫王昭明。为什么推荐他呢？因为前不久，朝廷曾派王昭明随同欧阳修出差，欧阳修极为反感宦官干政，严词拒绝了这一安排。贾昌朝等人以己度人，以为王昭明肯定会狠狠报复欧阳修。

结果王昭明到了开封府以后，看到一干人精心炮制的供状，大惊：“我在宫中时，皇上没有几天不提到欧阳修的。你们如此迎合宰相构陷欧阳修，日后我吃罪不起啊。”极力主张要维持原判。

可惜这种事根本无法彻底洗清。贾昌朝等人构陷的目的虽然没有得逞，但这盆脏水却切切实实淋了欧阳修一个通透。千年之后，仍有好事者津津乐道。

王昭明等人虽然知道欧阳修是被冤枉的，但既然朝中大势如此，也只好含含糊糊给欧阳修列了一桩侵吞张氏钱财的罪名，将欧阳修贬为滁州知州。

遭受如此挫折，新政事业也完蛋了，欧阳修一度心灰意冷，开始寄情山水，诗酒度日。他在滁州自号“醉翁”，还留下了“醉翁之意不在酒，在乎山水之间也”的千古名篇《醉翁亭记》。

如果说夷陵之贬让他自省了人生道路，那么滁州之贬则让他反思了前半生的人生选择。为人处世上，虽然耿介依旧，但如烈火般的性情却收敛了许多；诗文创作上，从追求风韵格调，开始向含蓄隽永转变。尤其是填词，虽然仍会有涉风月，但慢慢有一股沉郁之气灌注其中，开始突破“艳科”的限制，一些词作已经可以看到后来苏辛的影子。仅就宋词而言，直至滁州以后，欧阳修才真正称得上是承上启下的关键人物。

滁州期间，欧阳修的一位同年进士被调往阆州（今四川阆中），专程远道来访。与友人一起追忆进士及第时的春风得意，再看如今的宦海漂泊和壮志难酬，欧阳修不禁感慨万千，填了这首《临江仙》：

记得金銮同唱第，春风上国繁华。如今薄宦老天涯。十年岐路，空负曲江花。

闻说阆山通阆苑，楼高不见君家。孤城寒日等闲斜。离愁难尽，红树远连霞。

“十年歧路”之语，“孤城寒日”之景，离愁万端，颇有柳永逆旅词的神韵。

两年后，朝中政治氛围稍稍宽松了一点。本就心中有愧的仁宗皇帝，趁着祭天的机会，特意加恩，将欧阳修调任扬州，还以公文的形式，正式为他洗刷一干莫名的冤屈，恢复名誉。

平反后心情大好的欧阳修，似乎又开始沉吟风月。他在城郊半山腰建了平山堂，每逢饮宴还派人从山下取来千余朵荷花，由歌伎递给宾客传花赋诗，每传一人取一片花瓣，传至花瓣落尽者罚酒。其风流气韵播于淮扬。

但在几年后，他送别赴任扬州的友人时，写了一首追忆平山堂的词作，里面却并无多少游山玩水的风月之情，更多的是世事沧桑的今昔之感：

平山阑槛倚晴空。山色有无中。
手种堂前垂柳，别来几度春风。
文章太守，挥毫万字，一饮千
钟。行乐直须年少，尊前看取衰翁。

这一首《朝中措》可以说是苏东坡的最爱，他甚至在词作中直述其人其事：“长记平山堂上，欹枕江南烟雨，杳杳没孤鸿。认得醉翁语，山色有无中。”

五、画船载酒西湖好

宋仁宗皇祐元年（公元1049年），来到扬州不到一年，欧阳修突然改任颍州（今安徽阜阳）。原来，扬州地处南北交通要道，往来应酬繁多，欧阳修在扬州时，身体已经未老先衰，须发皆白，尤其是眼疾日重，甚至到了黑白莫辨的地步，于是自请调任到小郡。虽说有身体原因，但从他留存的一些书信文表来看，未尝没有脱身避祸的心思。

曾经诗酒唱和、政见相同的挚友，才华横溢的尹洙和苏舜钦，由于政争被反复迫害，早早就在贬官之所郁郁而终。欧阳修尤为心痛，在写给朋友的信里说："某自闻子美（苏舜钦）之亡，使人无复生意。交朋沦落殆尽，存者不老即病，不然困于世路，愁人愁人！"在到任颍州之后的一封谢上表里面，他也反省了自身："急于报国，遂欲忘躯。结冤仇者，皆可畏之人；所讳忤者，悉当权之士。"在政治大气候没有变化的时候，全身而退未必不是一种选择。

初至颍州不久，在乾德仕上结交的友人来访，欧阳修以一诗一词相赠。其中的词这样写道：

世路风波险，十年一别须臾。
人生聚散长如此，相见且欢娱。
好酒能消光景，春风不染髭须。
为公一醉花前倒，红袖莫来扶。

从乾德到颍州，刚好差不多十年，其风波之险恶，尽在寥寥数语之中。此词与在滁州写给旧友的词相比，却又更为豪放、旷达。

后来同样宦海浮沉、无端遭污的辛弃疾简直爱煞了这首词，三番五次引用、化用。欧词写“世路风波险”，辛词就写“世路风波恶”；欧词写“春风不染髭须”，辛词直接略改作“春风不染白髭须”；欧词写“红袖莫来扶”，辛词就写“只疑松动要来扶”，还写“红巾翠袖，揾英雄泪”。

言归正传。颍州虽然地处偏远，也有山水可以寄情。欧阳修几乎凭借一己之力，使得颍州西湖与杭州西湖、扬州瘦西湖并列，在诗词江湖中有了一席之地。他甚至为西湖一连填了十首《采桑子》，闲适之意溢于言表。看这一首：

画船载酒西湖好，急管繁弦。
玉盏催传。稳泛平波任醉眠。
行云却在行舟下，空水澄鲜。
俯仰流连。疑是湖中别有天。

有没有“满船清梦压星河”的感觉？再看这一首：

群芳过后西湖好，狼籍残红。
飞絮濛濛。垂柳阑干尽日风。
笙歌散尽游人去，始觉春空。
垂下帘栊。双燕归来细雨中。

繁华散尽，自有燕子双双归来，有没有“微雨燕双飞”和“似曾相识燕归来”的感觉？

颍州的湖光山色极大地抚慰了欧阳修在功名场中受伤的心，他整个人平和了很多，也放下了很多事。举个小例子，他在颍州任知州的时候，吕夷简之子吕公著是他的副手，按道理他是有足够的理由迁怒于吕公著的。唐代的“牛李党争”，不就是牛僧孺受宰相李吉甫打压之后，与李吉甫之子李德裕斗了一辈子吗？但欧阳修完全没有迁怒的意思，他秉持公心，发现吕公著为人处事颇有君子之风，进而引为挚友，相处甚欢。这一方面说明了两个人的广阔胸怀，另一方面也未尝没有欧阳修受挫之后自省的原因。

由此，颍州也成为欧阳修终生牵绊之所。他离任之后和挚友梅尧臣相约在颍州买田产置业，把家安在了颍州，甚至临终之前还自请归老颍州。如果说苏东坡“问汝平生功业，黄州惠州儋州”的话，那从某种意义上来看，欧阳修的平生功业，就在峡州[7]、滁州和颍州了。

>7. 治所即在夷陵。
——原注

其实宦海浮沉的欧阳修在颍州前后任职也就不到两年，很快他就调任应天府知府兼南京留守司事。进入官场以来，绝大部分时间在地方任职的欧阳修，已逐渐形成了自己的治政风格——“宽”“简”二字而已。当时就有人质疑宽简必然导致政事废弛，欧阳修的回答很深刻：宽仁不是放纵，简略不是疏忽。千载之下，尤可借鉴。

在南京应天府，欧阳修政绩斐然，但由于招待权贵不尽心，被人告了刁状。朝廷派人暗访，发现老百姓给欧阳修起了“照天蜡烛”的外号，所有流言蜚语不攻而破。

皇祐四年（公元 1052 年）三月，欧阳修母亲病逝。孤儿寡母相依为命的日子，是欧阳修心底最珍贵的回忆。树欲静而风不止，子欲养而亲不待。眼见得仕途有所起色的欧阳修，毅然决然去职。他先扶灵返回颍州，后将尸骨归葬老家，又回到颍州守制。

就在居母丧的这段时间，欧阳修基本完成了平生最大的功业——修《新五代史》。他从被贬夷陵之前就已动笔，前后历时少说也有十八年。某种程度上，欧阳修历史学家这个身份，比政治家和文学家的身份更能千古不朽。《新五代史》师法《春秋》，一字褒贬，文追《史记》，同样称得上“无韵之离骚”。

这是二十四史之中最后一部私修史书。得益于欧阳修官至宰相的经历和一代文宗的修养，其文笔之优美，议论之精到，都是历代史书的高峰，甚至部分篇章作为文言文的范文入选了中学课本。

可欧阳修是怎么对待这部呕心沥血之作的呢？他在将文稿寄给好友梅尧臣斧正的时候，专门叮嘱梅尧臣“此小简立焚，勿漏史成之语”，其谨小慎微显而易见。

这与他参与官方编订《新唐书》的工作时的态度有天壤之别。

个人分析，这除了体现出欧阳修一丝不苟的学术态度，还与他在北宋政坛的境遇多少有些关系。宋太祖已经组织编了一部《五代史》，在波诡云谲的官场吃了好几次亏的欧阳修，不能不谨慎。事实上，直到欧阳修去世后，《新五代史》才进献给朝廷，得以面世。就这样，书稿面世后也还是惹来了不少争议，多半说欧阳修空发议论，立场有偏。

也是在欧阳修守制期间，“庆历新政”失败后一直在外漂泊为官的范仲淹迁任颍州知州。本以为可以在颍州和老友重逢的欧阳修，等来的却是范仲淹病逝的消息。想到二人相仿的坎坷经历，欧阳修心头更是悲上加悲。

总之，曾经那个锋锐无匹的谏官，风月无边的才子，真的累了，诗词之中退隐之意已不再遮掩。看看这首《去思堂手植双柳今已成阴因而有感》：

曲栏高柳拂层檐，却忆初栽映碧潭。
人昔共游今孰在，树犹如此我何堪。
壮心无复身从老，世事都销酒半酣。
后日更来知有几，攀条莫惜驻征骖。

六、长安城里人先老

至和元年（公元 1054 年），除母丧的欧阳修回京面圣。

从欧阳修被贬滁州算起，已经将近十年没见他的仁宗皇帝，看到眼前这个满头白发、身佝眼花的臣子，感伤不已，不仅坚决驳回了欧阳修外任的请求，还在冲动之下任命欧阳修为权判流内铨，执掌官员铨选的大权。

谁知道，看起来已衰朽的欧阳修刚毅依旧，耿介不改，按照他一贯政事革新吏治为先的主张，撸起袖子开始整顿官员任命制度，限制权贵子弟恩荫入仕。心有阴私之人怎能不怕？他们还是用老手段，先造谣说欧阳修准备淘汰一批内宦，离间朝堂内外，又抓住欧阳修为其他官员求情的一点小把柄，一拥而上弹劾欧阳修。

优柔的仁宗很快后悔了，先是准备将欧阳修打发到同州（今陕西大荔），在大臣的劝谏下作罢，又想起了他素有文名，于是让他改任翰林学士、史馆修撰。

即使在再清贵不过的职位上，欧阳修也非要吃亏不讨好，力主改革文风。他主要从两方面着手，一方面是以文坛盟主的地位，不遗余力推行为文师法韩柳，并且发动曾巩等弟子一同行动；另一方面还大力引荐年轻锐气之士进入官场和文坛，甚至不惜自降身份，甘为后辈扬名的踏脚石，其中最为明显的就是对王安石的欣赏和推崇。与曾巩同为江西老乡的王安石，少有大名，且一直甘愿留在地方任职，以实验自己的改革主张。欧阳修对他闻名已久。后来王安石入京等待任命，在曾巩的引荐下与欧阳修见面。欧阳修写诗盛赞王安石：

翰林风月三千首，吏部文章二百年。
老去自怜心尚在，后来谁与子争先？

>7. 诗中“翰林”指李白，“吏部”指韩愈。

直接将王安石与李白、韩愈[7]相提并论。要知道，那个时候的王安石可不是后来鼎鼎大名的“拗相公”，只是个刚刚由地方调京的中级官员而已。不过有意思的是，王安石对此赞誉却颇不以为然，回了欧阳修一首诗，开篇就说“他日若能窥孟子，此身安敢望韩公”，表明自己的志向是弘扬道义的孟子，将欧阳修比作革新文学的韩愈。至于李白？提都不想提。

不过，读书人最重要的指挥棒毕竟是科举，改革文风过程中，最有效的莫过于利用科举来扭转导向，于是就有了本章之初所述的嘉祐二年“千年第一龙虎榜”。这次考试中，欧阳修误会苏轼的文章是曾巩所作，刻意压了压，还留下了“老夫当避路，放他出一头地”的千古美谈。苏轼后来感念终生，始终以师礼待之。

同一时期，欧阳修还大力举荐了包拯、吕公著等人。尤其是对吕公著的举荐，联系当初吕夷简的所作所为，令人不得不慨叹，君子之风，山高水长。

不过，这一时期的欧阳修也有为人诟病之处，那就是对名将狄青的攻击。他在奏章中甚至扯到了狄青天生异象、宅有光怪之类的谣言，让人简直不敢相信这是那个正直耿介的欧阳修。但也要看到，对五代历史教训烂熟于心的欧阳修，对武将的提防是刻到骨子里的，尤其是赵匡胤黄袍加身的戏码，更是无法宣之于口的一根刺。只能说是历史的局限性所致了。

随着声望的累积，欧阳修的仕途越来越顺。他以"清职遂为冗员"为由请辞翰林侍读学士，可没过几个月就加龙图阁学士、权知开封府，很快又兼充群牧使，还被选派出使辽国，因其声望受到了辽国君臣超规格的接待。到嘉祐五年（公元1060年），欧阳修更是升任枢密副使，进入宰执重臣的行列。

虽然此时欧阳修仍旧有志于革新，提出了改革茶法、税赋制度等一系列主张，但奈何中枢韩琦、富弼等人在宦海浮沉中，早已不是当初庆历年间的模样。富弼锐气尽失，韩琦囿于权谋，两人关系越发微妙。在这种人心不齐的情况下，欧阳修的一系列建议，大多石沉大海。

欧阳修的苦闷可想而知。在名篇《秋声赋》中，他曾感叹"百忧感其心，万事劳其形"。尤其是嘉祐五年春末，京师爆发疫病，梅尧臣染病去世，悲痛不已的欧阳修求退之心愈发明显。就算是在袅袅春光里，他想到的也是年华老去。看看这首《渔家傲》：

暖日迟迟花袅袅，人将红粉争花好。花不能言惟解笑。金壶倒，花开未老人年少。

车马九门来扰扰，行人莫羡长安道。丹禁漏声衢鼓报。催昏晓，长安城里人先老。

已过知天命之年的欧阳修，颇有身心俱疲的感觉，甚至和好友韩绛相约，五十八岁时就一起退休，优游林下。

但适逢仁宗朝末年，皇储未立，朝野不稳。欧阳修已经做到参知政事，无论是对国家的担当，还是对自己理想的坚持，都不允许他随意言退。他不计毁誉，力谏仁宗过继宗室子弟为皇子，也就是后来的英宗皇帝。这次深度参与帝位更迭，为他自己招来了祸患。

原来，英宗皇帝即位后想尊自己的生父濮王为皇考，以司马光为首的台谏官员则力争应尊仁宗为皇考，濮王为皇伯。中枢的韩琦、欧阳修等人据《仪礼·丧服记》等典籍认为称濮王为皇伯不合礼制，可能还考虑到英宗即位后一度因压力过大而身体不豫，于是支持了皇帝的主张。

>8. 前后持续了一年半。——原注

在旷日持久的“濮议”僵持[8]中，欧阳修不但是第一个公开表态的宰执大臣，而且表态尤为激烈。他以一贯的超强战斗力，在各类奏表文书中一一驳斥了所有的反对者，言辞极为尖锐，因此得罪了一大批人，甚至连富弼都对他大为不满。宋代学者邵伯温在笔记

《邵氏闻见录》中记载，富弼评价欧阳修“忘仁宗，累主上，欺韩公”，并从此与欧阳修绝交。

欧阳修其实清楚自己的处境。“濮议”之争中，甚至连英宗皇帝都提醒欧阳修要注意惜身，奈何欧阳修秉持公心，依然如故。

七、尾声

治平四年（公元1067年），宋英宗病重驾崩，神宗登基。

不久，御史蒋之奇弹劾欧阳修帷薄不修，与儿媳吴氏有私情。朝野哗然。

事情要从新皇登基大赦天下说起。欧阳修有个远房的小舅子薛宗孺，原任淄州知州，因为荐人失当要被追责。当时朝中有欧阳修在，又逢大赦，薛宗孺本以为能免罪。谁知欧阳修专门上书，要求不能因为薛宗孺是自己的姻亲而徇私。最终薛宗孺被免职。恨疯了的薛宗孺大肆造谣，说欧阳修与自己的儿媳私通，引发了一场轩然大波。

要知道，欧阳修这一年已经六十一岁了。

而蒋之奇其人，因为在“濮议”中附议欧阳修，由欧阳修推荐才当上御史，是个标准的政治投机者。

他眼看神宗登基后，曾经的台谏派有卷土重来的趋势，自己又被众人视为奸邪，居然出于缴纳“投名状”的目的第一个跳出来，而且还是以如此龌龊的罪名反咬欧阳修一口。难怪欧阳修感叹“未干荐祢之墨，已弯射羿之弓”，将自己比作力荐祢衡的孔融，借逢蒙背叛后羿来讥讽蒋之奇的行径。

欧阳修连上八表辩白，还上三表请辞参知政事，见神宗皇帝不允，又上三表请求外放。让人心寒的是，除了欧阳修的亲家吴充出于女儿清白考虑，上表帮欧阳修辩诬之外，满朝文武支持欧阳修者寥寥无几。这一方面是因为欧阳修平时得罪人太多，一方面也说明了朝堂政治风气的变化。

虽然神宗皇帝很快就查实，所谓私通纯属污蔑，并严厉处分了蒋之奇等人，但欧阳修去意已决。他最终被外放为亳州知州，后来又在青州、蔡州等地流转。

熙宁年间，有志变法的神宗又想起了欧阳修，欲重新任用欧阳修为相。欧阳修坚辞，还反复上表请求归老颍州。已至暮年的欧阳修，取“家藏书一万卷，集录三代以来金石遗文一千卷，有琴一张，有棋一局，而常置酒一壶”和“吾一翁，老于此五物之间”之意，自号“六一居士”，彻底绝了官场之望。

熙宁四年（公元1071年），神宗终于批准了欧阳修的告老奏章。欧阳修得以回到了自己心心念念的颍州西湖。

第二年闰七月，欧阳修在颍州的家中溘然长逝，临终留下绝笔：

> 冷雨涨焦陂[9]，人去陂寂寞。
> 帷有霜前花，鲜鲜对高阁。

>9. 焦陂在颍州城西南。欧阳修曾有诗记其事。

经霜不败的黄花，也终有凋谢的那一天。

十多年后，因“乌台诗案”被贬黄州的苏轼，在调任汝州途中路过扬州，专程到平山堂凭吊欧阳修的手迹。苏轼追忆斯人，怀想自身，感伤不已，填了一首《西江月》：

> 三过平山堂下，半生弹指声中。
> 十年不见老仙翁，壁上龙蛇飞动。
> 欲吊文章太守，仍歌杨柳春风。
> 休言万事转头空，未转头时皆梦。

苏　轼·第　四

挟飞仙以遨游，抱明月而长终

如果说“谪仙人”李白是天仙下凡，天生仙气飘飘，不易亲近，那苏轼无疑就是凡人超脱的极致代表，以至于能到九天之上挟飞仙以遨游。但同时，他又有一身人间烟火，让人莫名亲近。

一、身如不系之舟

宋仁宗嘉祐元年（公元 1056 年），春。

二十一岁[1]的苏轼，与父亲苏洵、弟弟苏辙一起，离开四川眉山，赴开封赶考。作为一名传说中出生时自带异象[2]的神童，我们可以想象他当时的心情——激动、兴奋，可能还有一点忐忑。笔者猜测他当时大概满眼都是大宋四百军州，少有回望家乡吧。

>1. 苏轼恰好生于宋仁宗景祐三年末（公元 1037 年初），其虚岁年龄总比周岁年龄大两岁。

>2. 据一些笔记记载，苏轼出生时，眉山草木尽皆枯死。——原注

哪一位少年又不是如此呢？何况他是苏轼。

果不其然，一切都如意料中顺利，除了省试的时候“仅仅”只考中第二名以外。这个第二名还是因为主考官欧阳修一个美丽的误会：他误以为这么好的文章肯定是他的学生曾巩写的，于是为了避嫌有意压了一压。

倒不能说醉翁自我感觉太过良好，毕竟曾巩后来与欧阳修、苏轼同列“唐宋八大家”，也是毋庸置疑的

高手。苏轼的实力由此可见一斑。

苏轼的考霸之路还在继续。顺利考中进士后，他又以大宋有史以来的最好成绩通过了制科考试。所谓制科，是朝廷选拔“非常之才”的考试。据不完全统计，宋朝先后一共录取了四万多名进士，而通过制科的有多少人呢？四十一人！何况还是以破纪录的百年最好成绩通过，简直是耀眼到令人不敢逼视。

这个时候的苏轼，哪里是一句春风得意能形容的。当时的文坛盟主欧阳修在写给朋友[3]的信里说，读苏轼的文章“不觉汗出”，酣畅淋漓，还说自己“当避路，放他出一头地”。这也是“出人头地”的来源。

>3. 即梅尧臣。当时梅尧臣不仅与欧阳修共同倡导诗文革新，还在此次省试中协助其阅卷。

如果说主考官欧阳修因与苏轼有师生之谊，评价可能不那么客观的话，再来看看大宋那一届的终极老大——仁宗皇帝的评价：“吾今日又为子孙得太平宰相两人！”嗯，除了苏轼，另一位是他弟弟苏辙。剽悍的人生不需要解释。

在开封的苏轼唯有一点小小的遗憾，那就是成功的喜悦无法与新婚的妻子分享。此时的苏轼已在家乡成婚，妻子王弗小他三岁。根据苏轼的回忆，对这桩父母包办的婚姻，心怀天下的少年刚开始可能并没有太多的期待和在意，小夫妻相互之间的了解也说不上多深，甚至一开始苏轼都不知道王弗识文断字。

后来，苏轼读书的时候，王弗往往随侍在侧，结果等到某次苏轼偶有遗忘之处，王弗竟能及时提醒，再问她其他的书，她也能娓娓道来。要知道，苏轼的博闻强记是出了名的，几十万字的《汉书》，提一个字他就能整段整段背诵，王弗居然比他还厉害，只能说不是一家人不进一家门了。最难得的是，学识不凡的王弗为人沉静而不张扬，苏轼要是不问起，甚至都不知道她如此有才。两人由此琴瑟和鸣、相敬如宾。不过成婚后一年多，苏轼就上京赶考，对妻子的思念也随着时间的推移愈发深重。

苏轼有一首在学术上有争论的词《一斛珠》，一种说法就是思念王弗所作：

洛城春晚，垂杨乱掩红楼半。小池轻浪纹如篆，烛下花前，曾醉离歌宴。

自惜风流云雨散，关山有限情无限。待君重见寻芳伴，为说相思，目断西楼燕。

全词清新可人，但从风格来看，带有明显的五代花间词特点。有一种说法是，苏轼一直到杭州才开始填词，然后考察他的行迹，这首《一斛珠》应该是四十多岁时写的。但实际上，四十岁的苏轼就已经开始写“老夫聊发少年狂”了，其词为“长短句诗”的观点已经成熟，甚至还根据词的内容重新编排乐曲。因此，这首《一斛珠》实在不像苏轼中年以后的作品，根据其中满满的少年感，笔者更愿意相信这是他赶考途中路过洛阳时思念妻子所作。

到达开封之后，苏轼可以说得上春风得意。不过，虽然有着盖世的才华，以及闪烁着钻石光芒的成绩，但其实青年时期的苏轼远没有后来熬红烧肉的东坡可爱。青年苏轼骄傲、直率、锋芒毕露，也多少有一点恃才傲物。从两件小事可见一斑。

在殿试的时候，题目是《刑赏忠厚之至论》。苏轼行文汪洋恣肆，还用了一个"三杀三宥"的典故，说皋陶三次判人死刑，尧帝三次宽恕。结果所有的考官都不知道这个典故的出处，但又不敢说没有，只能以为自己学识没有苏轼广博。

考试结束后，欧阳修追问苏轼，苏轼理直气壮地说："何须出处。"换言之，是他自己编的……这倒是与调皮学生写作文的时候引用"沃兹基·索德"（我自己说的）名言有异曲同工之妙。

后来少年得意的苏轼参加工作，在凤翔府任判官，与太守陈希亮不对付。因为什么呢？可能是嫌陈希亮太古板吧。中秋节的时候，太守开茶话会，结果就苏轼一个人不给面子没去，太守毫不客气开出了"罚铜八斤"的罚单。这下苏轼就更不痛快了。不久，太守修了一座可供观赏风景的凌虚台，需要人写文案，这个任务理所当然落在了大才子苏轼头上。结果苏轼在文章里面含沙射影、指桑骂槐：

夫台犹不足恃以长久……而或者欲
以夸世而自足，则过矣。盖世有足
恃者，而不在乎台之存亡也。

看不懂？没关系，我们借用另一句话来翻译一下：“眼看他起朱楼，眼看他宴宾客，眼看他楼塌了。”

如此政治不正确的文案，陈希亮怎么处理的呢？一字不改，勒石为记，制碑立在了凌虚台旁边，因为文章是真的写得好。果然，千年之后，台和碑早就湮没了，这一篇《凌虚台记》依然流传了下来。

这样的性格下，拥有惊世的才华对苏轼真不一定是好事。遇到陈希亮这样的君子还好，等到后来遇到小人，再牵连进党争，真是被折腾得死去活来。不过倒是很大程度上实现了他踏遍四百军州的初衷，只是多为贬谪、流放而已。后来他去世前几个月总结自己的一生也说：

心似已灰之木，身如不系之舟。
问汝平生功业，黄州惠州儋州。

二、诗酒趁年华

宋神宗熙宁三年（公元 1070 年），汴京。

苏轼上书自请外任。表面上的原因是侍御史谢景温上疏，弹劾四年多前苏洵去世，苏轼兄弟扶灵回乡期间动用官船贩运私盐财货。可明眼人都知道这罪名完全是胡扯。首先，年代久远，缺乏真凭实据；其次，那个年头的官船运财货极为常见，但多为一些经手小吏的生财之道，官员很少掺和，更何况苏轼兄弟还是扶灵回乡。但就因为常见，这件事情反倒说不清楚了。苏轼百口莫辩，一气之下自请出外为官。

实际上这件事情完全是由于苏轼对王安石变法的批评，引起了一些攀附新法的投机分子的注意，他们觉得苏轼名气够大，向他下手是个绝好的“投名状”，于是就疯狗一样一拥而上。这种情况就此成为苏轼早期仕途的常态，直到“乌台诗案”的时候到达顶峰。

虽然高傲的苏轼一气之下想撂挑子，可他毕竟是仁宗皇帝亲许的“太平宰相”，神宗还是不愿过分苛责，于是批示选一个知州安置苏轼。结果政事堂想杀一儆百，不同意神宗的意见，提议任命苏轼为颍州通判。以当时苏轼权开封府推官的职位，这是再明显不过的贬谪。神宗不忍，改为杭州通判。

熙宁四年（公元1071年）十一月，苏轼到达杭州。西子湖畔的山水，留下了“欲把西湖比西子，淡妆浓抹总相宜”“我本无家更安往，故乡无此好湖山”的风流。但苏轼毕竟还是那个“眼枯泪尽雨不尽，忍见黄穗卧青泥”的儒者，于是，眼见新法之下盘剥日盛，他一方面尽最大可能“因法以便民”，另一方面诗人的天性又让他不平则鸣，口无遮拦之下为后半生埋下了祸根。

由于苏轼对新法的抨击切中要害，朝中当权者愈发看不惯，于是他不得不一路迁转，从杭州到密州（今山东诸城），又从密州到徐州，总没个消停。苏轼眼看着民间一日苦胜一日，自己官微言轻无力改变，心里苦闷不已。为寻求寄托，苏轼开始重新研读《庄子》，庄子超脱于宇宙物外的精神境界给了苏轼极大的启发和抚慰，也成了他旷达人生态度的根源。他甚至在密州专门修缮了一座旧城台并为其取名“超然”，写下了《超然台记》，还填了一首《望江南·超然台作》：

春未老，风细柳斜斜。试上超然台上望，半壕春水一城花。烟雨暗千家。

寒食后，酒醒却咨嗟。休对故人思故国，且将新火试新茶。诗酒趁年华。

登高望远，超然物我，一扫忧思。

但以当时“诗言志，词抒情”“诗庄词媚”的观点，看这一时期苏轼的诗词创作，基本上是两个世界。他诗中多有白居易新乐府的风范，词中却依然是五代的余风，最好也不过是柳永风味。

苏轼越来越不满足于词的格局，于是在密州的一个冬日，行猎而还的他酒酣兴勃，填了一首《江城子·密州出猎》：

老夫聊发少年狂。左牵黄，右擎苍。锦帽貂裘，千骑卷平冈。为报倾城随太守，亲射虎，看孙郎。

酒酣胸胆尚开张。鬓微霜，又何妨。持节云中，何日遣冯唐。会挽雕弓如满月，西北望，射天狼。

这是自晚唐五代以来，所谓花间派（词）、西昆体（诗）中，从未有过的雄健阳刚之美，倚声而唱之下，甚至完全突破了原有词牌曲调的风格。天才的苏轼还重新编曲，以“东州壮士抵掌顿足而歌之，吹笛击鼓以为节”。以现在的说法，他就是北宋乐坛妥妥的摇滚先锋。

对这次的尝试，苏轼本人极为得意，在写给朋友的信中说：“虽无柳七郎（柳永）风味，亦自是一家，呵呵。”虽然时人不一定都能那么快接受，但他确实为宋词拓展出了一条新的道路和一片广阔的空间。自此以后，词才真正具备了与诗并驾齐驱的资格。

也是在这一时期，一个同样的词牌《江城子》，简直被他玩出了花，基本上相当于为词拓展内容、题材和变化风格作了示范。除了酣畅淋漓的《密州出猎》，还有惆怅难解的《别徐州》：

天涯流落思无穷。既相逢，却匆匆。携手佳人，和泪折残红。为问东风余几许，春纵在，与谁同？

隋堤三月水溶溶。背归鸿，去吴中。回首彭城，清泗与淮通。寄我相思千点泪，流不到，楚江东。

一唱三叹，曲折回环，情景交融。

更有哀婉缠绵的《乙卯正月二十日夜记梦》：

> 十年生死两茫茫。不思量，自难忘。千里孤坟，无处话凄凉。纵使相逢应不识，尘满面，鬓如霜。
>
> 夜来幽梦忽还乡。小轩窗，正梳妆。相顾无言，惟有泪千行。料得年年肠断处，明月夜，短松冈。

其对亡妻王弗的情深意重，感人肺腑，荡气回肠。

虽然还未经过黄州的打磨，但此时的苏轼已经称得上宋词的集大成者了。当然，真正让他一曲封神的，还是熙宁九年（公元1076年）中秋，大醉之后怀念苏辙而作的那首《水调歌头》：

> 明月几时有？把酒问青天。不知天上宫阙，今夕是何年。我欲乘风归去，又恐琼楼玉宇，高处不胜寒。起舞弄清影，何似在人间。
>
> 转朱阁，低绮户，照无眠。不应有恨，何事长向别时圆？人有悲欢离合，月有阴晴圆缺，此事古难全。但愿人长久，千里共婵娟。

直是琼楼中人，天仙手笔。难怪胡仔评价："中秋词，自东坡《水调歌头》一出，余词尽废。"

据传，八年后，神宗皇帝读到"高处不胜寒"，心有戚戚焉，方才念起苏轼的忠君爱国之心，把他从黄州近乎囚徒的处境中解放了出来。

三、小舟从此逝

宋神宗元丰二年（公元1079年），御史台监狱。

在因台外柏树上有无数乌鸦而得名“乌台”的汴京御史台，已经被关押数月的苏轼对着面前的一条腌鱼，悲恸不已。原来，为了面对死亡的时候能从容一点，苏轼与在狱外奔走营救的儿子苏迈约定，如果朝廷判决死刑，就送一条鱼。结果这一天他猝不及防就见到了一条鱼。

其实这事完全是一个误会。苏迈盘缠用光了，出城筹钱，委托亲戚送饭，又忘记叮嘱亲戚这个约定，以致苏轼真的会意成死期将至。苏轼本来以为自己已经做好了准备，甚至连自杀的青金丹都偷偷埋在了地下，但真到了这一刻，惶恐、委屈、不舍还是不可抑制，所以他写给苏辙的绝笔诗尤为凄凉动人：

是处青山可埋骨，他年夜雨独伤神。
与君世世为兄弟，更结来生未了因。

当时他为什么没有服下事先藏好的青金丹？可能还是由于恐惧。苏轼一贯真实、可爱，与浩然正气的儒士和坚贞不屈的战士相比，更像一个有血有肉的普通人。

此时离苏轼高中进士已经将近二十三年。由于王安石变法掀起的滔天巨浪席卷了整个北宋王朝，党争日益残酷，苏轼疏狂的个性又极易招祸，此次入狱倒不让人意外，只是起因有些可笑。他到任湖州知州的时候，向神宗皇帝上谢表，其中有两句：“知其愚不适时，难以追陪新进；察其老不生事，或能牧养小民。”自谦之中有些许牢骚，同时一如《凌虚台记》的辛辣文风，对朝中以变法为名的新党充满讥讽。平时在私下流传的诗文里抨击时政也就罢了，在正式的公文中这么写，完全是将把柄予人。朝中御史李定、舒亶、何正臣，以“愚弄朝廷”的罪名弹劾苏轼，并将其诗集中似是而非的诗句掰开了、揉碎了作为罪证，最终将其逮捕下狱，还要论其死罪。

“罪证”包括将描写小儿学语牵扯到青苗法，将描写弄潮人附会为批评朝廷的水利工程，将描写桧树根须穿凿成讽刺君王，不一而足。如果不是宋朝典籍所载，真让人以为是清朝大名鼎鼎的文字狱的内容。虽然以苏轼的个性和文风来看，其诗中确有不少讽喻之作，但这本是诗人常事，“三吏三别”、《卖炭翁》一样流传千古。也不知道载有“不得杀士大夫及上书言事人”的宋太祖誓碑，当时还在太庙否。

由于李定之流所为太过下作，突破了官场底线，上书营救苏轼的人很多，使得官司迁延日久。有意思的是，积极奔走的人中，除苏辙等至亲挚友外，多有苏轼口中的“新进”之人，甚至新法的精神领袖王安石也上书“岂有圣世而杀才士者乎”，病中的太皇太后也要求“不须赦天下凶恶，但放了苏轼足矣”。已骑虎难下的神宗就坡下驴，将苏轼贬为黄州团练副使。

元丰二年除夕前，被关押了整整一百三十天的苏轼终于出狱了。他被勒令大年初一出发，风雪下黄州，开始了余秋雨所言的“突围”。

黄州的日子是苏轼一辈子的巅峰，也是东坡居士的诞生地。词中神作《念奴娇·赤壁怀古》、古文巅峰前后《赤壁赋》、“天下第三行书”《寒食帖》，都是在黄州所作。

经历了生死之间大恐怖的苏轼在黄州顿悟、蜕变、超脱。初到黄州，苏轼又上谢表，这次老实多了，一点多余的都没说：

> 臣轼言。去岁十二月二十九日，准敕，责授臣检校尚书水部员外郎充黄州团练副使，本州安置，不得佥书公事，臣已于今月一日到本所讫者。……若获尽力鞭棰之下，必将捐躯矢石之间。指天誓心，有死无易。臣无任。

黄州刚开始的面貌并不可爱。此时，孤身一人的苏轼连住的地方都没有，只好借住在定慧寺禅院，也就是在这里，他写下了著名的《卜算子·黄州定慧院寓居作》：

> 缺月挂疏桐，漏断人初静。谁见幽人独往来，缥缈孤鸿影。

惊起却回头，有恨无人省。拣
尽寒枝不肯栖，寂寞沙洲冷。

词中诉尽了孤寂、愤懑，但又自有高洁之气。

随着家人的到来，苏轼的心情慢慢开朗了一些，毕竟乐观、开朗是刻在他骨子里的。少年登第的风光、仕途辗转的潇洒、指点江山的意气，都慢慢离他远去，他开始面对真实的生活。没有祥林嫂似的控诉，也没有矫情的所谓“出世”，他是真正看开了，悟透了。

他找黄州知州租了五十余亩荒地，由于这块地在城东而取名“东坡”，并自号东坡居士。这个名字其实源自白居易，不过乐天居士的“东坡”是种花的，苏轼的“东坡”却是为了养家糊口。

他在东坡种地，与三教九流为友，诗酒趁年华。他写“大江东去”，写“多情应笑我”，写“山高月小，水落石出”，写“江上之清风，与山间之明月”，越来越快乐，越来越逍遥，曾经的锋芒已经不见丝毫。

当然，偶尔也哀怨牢骚几句，但醉过了也就算了。他写“小舟从此逝，江海寄余生”，知州听到还以为他跑路了，匆忙去看，却发现他只是喝多了。

如果要笔者选印象最深的黄州东坡词，笔者不会选《念奴娇·赤壁怀古》，而是会选两首《定风波》，因为里面既有故事，又能恰如其分展示东坡当时的心情和境界。一首写尽了洒脱：

莫听穿林打叶声，何妨吟啸且徐行。竹杖芒鞋轻胜马，谁怕？一蓑烟雨任平生。

料峭春风吹酒醒，微冷，山头斜照却相迎。回首向来萧瑟处，归去，也无风雨也无晴。

这首词背后的故事有点搞笑，源自有心人的考证。词序言里面介绍说是“三月七日，沙湖道中遇雨”。他当时去沙湖干什么呢？是去买地的。有心人将其与东坡的另一首词《浣溪沙·游蕲水清泉寺》联系起来了，因为这一首词刚好写于同年同月，是写给一位医生的，前情提要是“黄州东南三十里为沙湖……予买田其间，因往相田得疾……遂往求疗”。眼尖的有心人发现，他“一蓑烟雨任平生”之后就生病了，喝酒、吹风、淋雨，肯定是感冒了嘛。

另一首《定风波》则是满满的恬淡温馨：

常羡人间琢玉郎，天应乞与点酥娘。自作清歌传皓齿，风起，雪飞炎海变清凉。

万里归来年愈少，微笑，笑时犹带岭梅香。试问岭南应不好，却道：此心安处是吾乡。

这是送给好友王巩和其侍妾柔奴的。王巩是苏轼受“乌台诗案”牵连的朋友中，处罚最重的，甚至比苏辙都重[4]。王巩被发配岭南宾州，一个儿子夭折在了宾州，

>4. 苏辙被贬为监筠州（今江西高安）盐酒税，五年不得迁调。

另一个儿子夭折在了老家，王巩本人也差点病死在宾州。苏轼内疚至极，甚至都不敢给王巩写信。

结果王巩给苏轼寄来了在宾州的诗集，中间并无愤懑、颓丧，尽是“清平丰融”之音，令苏轼大为心折。王巩遇赦返乡时，还曾带着侍妾柔奴去黄州看苏轼。苏轼问柔奴在岭南生活是否很艰苦，柔奴回答：“此心安处，便是吾乡。”苏轼为之叹服，填了这一首《定风波》，既是对知音的赞赏，也是自己内心的共鸣。

四、人间有味是清欢

宋神宗元丰七年（公元1084年），四月。

苏轼终于离开了黄州，受命移至汝州安置。此次去汝州虽然也受尽颠沛流离之苦，甚至爱妾朝云所生的幼子苏遁也在途中夭折，但总的来看，此时的苏轼，心境与当初风雪下黄州相比，已平和得多了。

一路徐行，一路访友。告别黄州，他写下了“山中友，鸡豚社酒，相劝老东坡”；路过庐山，他写下了“不识庐山真面目，只缘身在此山中”；路过石钟山，他写下了《石钟山记》，发出了“事不目见耳闻而臆断其有无，可乎？”的叩心之问。其中最能反映他心境的，是当年年底与友人唱和的一首《浣溪沙》：

细雨斜风作晓寒，淡烟疏柳媚晴滩。入淮清洛渐漫漫。

雪沫乳花浮午盏，蓼茸蒿笋试春盘。人间有味是清欢。

一句“人间有味是清欢”，道尽了红尘奢恋和人世繁华。

此次迁谪路上，最值得一提的是苏轼路过金陵，专程去探访了已经告老的王安石。作为历史上赫赫有名的“拗相公”，发出“天变不足畏，祖宗不足法，人言不足恤”豪言的王安石，对自己的变法事业是相当执着的。按理说，他对最激烈批评新法的人，应该殊无好感。但实际上，王安石本人对苏轼相当欣赏，不仅“乌台诗案”时主动上书营救，在苏轼贬谪黄州时，王安石但凡遇到黄州来人，都会问“东坡近日有何妙语”，还每每为他人带来的苏轼新作而击节赞赏。

而苏轼对王安石也一直尊崇有加，从未因为变法派对自己的攻击而迁怒新法的旗手王安石。同时，在黄州和三教九流广泛接触后，苏轼对大宋的现状有了更深的认识和思考，对变法的态度也有所转变，甚至承认自己当初对新法的反对不辨义理、于事无补，犹如“病狂之人蹈河入海”。

此次两人见面，已至暮年的王安石亲自到江边迎接苏轼，苏轼则下船拜见：“今日敢以野服见大丞相！”王安石朗声大笑：“礼岂为我辈设哉？”

两人在王安石隐居的半山园把臂同游，纵论佛道儒史，往往不谋而合，畅快无比；涉及变法中的种种功过是非，也从不避讳。王安石甚至殷勤劝说苏轼在金陵置产，两人比邻而居。苏轼欣然应允。可惜金陵地贵，苏轼不得已又在附近的仪真（今江苏仪征）求访，但他本就是在迁谪路上，无法久留，托付给人之后就继续上路了。

谁知一年以后，王安石溘然去世，半山园之约杳然成空。后来朝廷追赠王安石为太傅，苏轼执笔制文，高度评价了王安石和他一力变法的拳拳之心：

> 将有非常之大事，必生希世之异人。使其名高一时，学贯千载。智足以达其道，辩足以行其言。瑰玮之文，足以藻饰万物；卓绝之行，足以风动四方。用能于期岁之间，靡然变天下之俗。

所谓的君子之交，唯当君子之世、君子之属方能为之！

不过，总的来看，离开黄州的东坡，并没有得到什么安宁。随着神宗驾崩，旧党魁首司马光上台秉政，苏轼有过短暂的起复，甚至一度做到了翰林学士知制诰，成为朝廷的第一“笔杆子”。

这本是反变法派党同伐异中想树立政治典型的一项任命，但其实只是他们的一厢情愿——别以为当时迫害苏轼的是新党，苏轼就自然会归附旧党。苏轼从来是论事不论人，论迹不论心。新法确有害民的时候，他批评新法；旧党废尽新法的时候，他又说其实新法中有些措施是好的。

有人评价说苏轼在政治上幼稚，不懂站队。其实这恰恰是政治上的成熟，他有自己的抱负和坚持，真正做到了孟子说的“富贵不能淫，贫贱不能移，威武不能屈”。他是看透，不是屈服；是超脱，不是麻木。洗去功名利禄的尘埃，家国天下的情怀更洁净了。

随着新旧两党你方唱罢我登场，两边不讨好的苏轼继续他的漂泊生涯。泗州、常州、登州、杭州、颍州、扬州，真是恨不得踏遍四百军州了。

历史上，与他有相似经历的文人不少，但少有流离到这个程度的。从他个人来看，当然不幸；但从诗词来看，却是中国文化的大幸。大好河山，历来吟咏者众，但总脱不开“仕”“隐”二字，也就是李商隐说的“人生岂得长无谓，怀古思乡共白头”。要不就是怀才不遇的感叹。稼轩说“我见青山多妩媚，料青山见我应如是”，却是为了说“白发空垂三千丈，一笑人间万事”，“知我者，二三子”。要不就是不如归去的心怀。张志和说“西塞山前白鹭飞，桃花流水鳜鱼肥”，却是为了说“斜风细雨不须归”。

唯有苏轼，真正超脱了这两种情绪。一路行来，让他做事，就尽心施政；不让做事，就寄情山水。不怨天，不尤人，不求仕，也不求归。虽然他有的时候也问：“几时归去，作个闲人？对一张琴，一壶酒，一溪云。”但大部分时候，他的诗词却别具禅味，越来越超脱。比如这首《临江仙·送钱穆父》：

一别都门三改火，天涯踏尽红尘。依然一笑作春温。无波真古井，有节是秋筠。

惆怅孤帆连夜发，送行淡月微云。尊前不用翠眉颦。人生如逆旅，我亦是行人。

逆旅之中的泰然自若，让人折服。

另外，大名鼎鼎的词牌《如梦令》的创立，也很有意思。此曲本源自后唐庄宗李存勖所作的《忆仙姿》，苏轼在贬谪路上某次按其调填词时，嫌弃这个名字过于香艳不雅，就取其中"如梦，如梦，残月落花烟重"的句子，改名为《如梦令》。可他填词写的是什么内容呢？是他洗澡、搓澡时候的事：

水垢何曾相受，细看两俱无有。寄语揩背人，尽日劳君挥肘。轻手，轻手，居士本来无垢。

看起来特别像写大学的男生澡堂，可一句"居士本来无垢"，又是那么地禅意深长。

五、天涯何处无芳草

宋哲宗元祐八年（公元1093年），相似的剧情在汴京再次上演。

先是御史从多年前苏轼起草的制诰中寻章摘句，弹劾时任端明殿学士、翰林侍读学士、礼部尚书苏轼“讪谤先帝”。苏轼自请外放，当时主政的高太后起初不许，在苏轼的多次请求下才批准他出知定州。

随之而来的是更大的打击，与苏轼同甘共苦二十五年的妻子王闰之病逝。苏轼痛哭一场：“孰迎我门，孰馈我田。已矣奈何，泪尽目干。”

不久之后，高太后病逝，哲宗亲政，全盘恢复熙宁变法。苏轼在定州任上刚半年，便又开始了他英州[5]、惠州、儋州……的贬谪之路。

>5. 远谪英州（今广东英德）的诏命下达后，苏轼在前往英州途中又连遭贬黜，最终尚未到任便被改贬为惠州安置。

可能是已经习惯了吧，这次贬谪途中，苏轼愈发超脱。曾经，同被贬谪的苏辙与苏轼相会，二人在路边野店吃面。苏轼三下五除二吃完了，苏辙看着难过，吃了两口就放下筷子，苏轼却说：“这么难吃的面，难道你还要慢慢品味吗？”

在惠州，作为犯官的苏轼，不敢与其他官员争买有限的羊肉，于是就买点羊脊骨，回家后煮熟了再烤着吃。他还开心地给弟弟写信，说美味得很，有吃螃蟹的感觉，只是不能让狗知道，它们会不高兴的。

东坡居士，就是这么真实而可爱。

日子虽然过得辛苦，但好在还有知心人相伴。在惠州时，一个秋日，苏轼枯坐感伤，于是让朝云唱那首著名的春景词《蝶恋花》：

花褪残红青杏小。燕子飞时，绿水人家绕。枝上柳绵吹又少。天涯何处无芳草。

墙里秋千墙外道。墙外行人，墙里佳人笑。笑渐不闻声渐悄。多情却被无情恼。

他本意是想用春景勾兑秋风，谁知朝云歌至“枝上柳绵吹又少”，凄然泪下，哽咽至不能再唱。苏轼惊问缘由，朝云回答，枝上柳绵、天涯芳草，良人之零落，竟至于此。从此之后，朝云郁结于心，常常吟诵“枝上柳绵”二句而泪下。其深情如此，怎能不让人怜惜？

可惜，命运对苏轼的摧折犹未停止。宋哲宗绍圣三年（公元 1096 年）七月，惠州大疫，不离不弃陪伴了苏轼二十多年，经历了他全部失意和落魄的朝云，不幸病逝。曾经以为自己早就看淡生死的苏轼，犹自肝肠寸断。那个据传给了他“淡妆浓抹总相宜”灵感的少女，那个说出了“一肚子不合时宜”的红颜知己，那个唱不尽“天涯何处无芳草”的知音，竟然先于垂垂老矣的苏轼而去。

苏轼将其葬于惠州栖禅寺东南的松林里。栖禅寺的和尚还专门在墓上建了一座六如亭，取《金刚经》中“一切有为法，如梦幻泡影，如露亦如电，应作如是观”之意。

自此之后，苏轼终生不再听那首《蝶恋花》。

世人皆知苏轼为第一位妻子王弗所作的悼亡词《江城子·乙卯正月二十日夜记梦》写得动人心魄，但其实他写给朝云的悼亡词《西江月·梅花》也毫不逊色，甚至在含蓄悠远上更胜一筹：

玉骨那愁瘴雾？冰肌自有仙风。
海仙时遣探芳丛，倒挂绿毛么凤。
素面翻嫌粉涴，洗妆不褪唇红。
高情已逐晓云空，不与梨花同梦。

送走了朝云的苏轼，也快走到了人生的尽头。这一路走来“身行万里半天下”，他送走了第一任妻子王弗、第二任妻子王闰之和侍妾朝云，还送走了幼子苏遁。

就这样了吧！

在被贬到天涯海角以后，哲宗驾崩，徽宗即位，大赦天下，苏轼得以离开海南。

宋徽宗建中靖国元年（公元1101年），苏轼于北返途中病逝于常州。

宋人记载中苏轼弥留之际的情形，可谓禅味十足：

一友人在苏轼耳边大呼：“端明宜勿忘西方。”苏轼喃喃：“西方不无，但个里着力不得。”又一友人说：“固先生平时履践至此，更须着力。”苏轼对曰：“着力即差。”

言毕溘然长逝。东坡居士，风流尽矣！

对了，苏轼逝世是在七月二十八日，刚好与幼子苏遁的忌日是同一天，可能稍可免去朝云在九泉之下的寻觅之苦吧。

六、尾声

宋徽宗崇宁元年（公元1102年），蔡京为相。

打着王安石变法继承人旗号的蔡京，为了彰显自己上位的合法性，撺掇徽宗将元祐年间所谓的“旧法派”全部打倒，由徽宗手书“奸党”名录，刻碑立在了皇宫端礼门，后来蔡京又抄录颁布天下各地刻碑。司马光、文彦博、苏轼、苏辙、黄庭坚、秦观等人赫然前列，其诗词文章全部禁毁。如果王安石泉下有知，不知会作何感想？

九江石匠李仲宁，面对太守刻碑的命令，断然拒绝：“小人家贫，平日靠着手艺，刻录苏内翰、黄学士（黄庭坚）诗文得以温饱，今日居然要把他们刻在奸党名录中，实在不忍下手！”长安石匠安民同样拒绝刻碑，因恐被抓去治罪，不得已刻字，但死活不肯刻下自己的名字，生怕遗臭万年。黔首与士大夫究竟谁更高贵，真不是看读书多少能决定的。

崇宁五年，彗星出西方，被视为不祥之兆。徽宗大怖，避殿损膳的同时，还深夜派人毁掉宫城内的石碑。

蔡京得知此事后犹自嘴硬："石可毁，名不可灭也！"结果徽宗罢免了蔡京，放松了党禁。

又过了几年，"教主道君皇帝"徽宗在宫内做法祈福。一位道士请神之后久久未起身，徽宗问其究竟，道士说适逢文曲星向天帝奏事。皇帝问文曲星是谁，道士答："即本朝苏轼也。"徽宗大惊，恢复了苏轼的官爵，后来还搜集苏轼诗文手稿，一篇悬赏高达万钱。

如此反复儿戏，难怪章惇[6]曾评价说："端王轻佻，不可以君天下！"

>6. 新旧党争中变法派的重要人物，宋哲宗亲政后官拜宰相。

不过这些纷纷扰扰都已与苏轼无关。其时的大宋，经过熙宁变法的新党和元祐废新法的旧党反复折腾，以及荒唐徽宗和蔡京、童贯、梁师成等"六贼"的祸害，已是末世景象，即将迎来靖康之变。

另外，还有一个小八卦，"六贼"中的梁师成一直公然自称是东坡的私生子。当然，为尊者讳，也无人求证。

熙宁也好，元祐也罢，都归于尘土。不过，蔡京至少有一句话是对的，千载之下，苏轼之名犹历历未灭。后世清朝人杨毓辉将苏轼和苏轼的偶像韩愈相提并论："观其上下五千年，纵横九万里，直兼乎韩潮苏海。"

最后，引用一下林语堂在《苏东坡传》中对苏轼最广为人知的评价吧：

不可无一，难能有二。

李清照·第　五

巾帼红颜与风雨黄花

济南，素来有“四面荷花三面柳，一城山色半城湖”的美誉，其中那“半城湖”当然就是大明湖。现在一说起大明湖畔，估计绝大部分人脱口而出的都是“夏雨荷”，却少有人知道，在藕花深处，还有一座藕神祠。

这座曾经不知供奉什么神仙的破庙，在清代重修的时候，平时自视甚高的一干文坛翘楚、风流才子，共推迎奉入祠的却是一位弱女子的塑像。香魂渺渺，令须眉俯首，临湖寄语：借明湖之水，“漱其余芳，且换凡骨”。

后世诗人余光中曾深情告白：

整面大明湖是你的妆镜
映照甜審的哀愁，高贵的美
藕断千年，有丝纤纤
袅袅不绝，仍一缕相牵
恰似黑瓦红扉的藕神祠前
四足铜炉的香烛迎风
仍牵动所有祷客的思念

一代词宗，千古才女，姗姗来迟。

一、中郎有女堪传业

宋神宗元丰七年（公元1084年），李清照出生于齐州（今山东济南）章丘明水。

李清照在中国古代文学史上是个很奇特的存在。

在一个极端官本位的男权社会，时隔千年，文人的生平事迹要想完整、详细地保留下来，要么是官要够大，比如白居易、欧阳修；要么是作品够多、名气够大，比如李白、杜甫；要么是朋友够多、人缘够好，比如孟浩然、陆游。就这样，都不能确保后世所见的其人生平足够详细。君不见，道出“天下谁人不识君”、中晚年发迹的高适，青少年的经历在历史上几乎是一片空白。

李清照身为女子，官位自然与她无缘；生活的年代理学初兴，讲究“男不言内，女不言外”，愿意为她扬名的朋友不会太多；作品存世的也不过几十首；更要命的是，她还生逢两宋之交的乱世。按理说，她应该会逐渐湮没于历史长河之中。

我们今天还能如此清楚千年前一个女婴的出生年份，只是因为后世一代又一代的读书人，爱煞了她的才情和词作，拿出皓首穷经的劲头，翻遍了故纸堆，才拼凑出了她的一生。

就这样，还是留下了一些谜团。

李清照的父亲李格非，“苏门后四学士”之一，在《宋史》里有传，这是确凿无疑的。但是，她的母亲到底是谁，却存在两种说法。《宋史·李格非传》记载，他的妻子是宋仁宗时期状元王拱辰的孙女。王拱辰的墓志铭中虽然没有提到李格非，但是王拱辰夫人的墓志铭中却明确提到孙女嫁给了李格非。

而同时期宋人庄绰的笔记《鸡肋编》却记载，李格非的妻子是汉国公王准的孙女。王准的儿子王珪是元丰年间的宰相，王珪去世后的神道碑上更是明确说，他的大女儿嫁给了李格非，但很早就过世了。

这两种记载应该说可信度都很高，但貌似又互相矛盾，那么到底怎么回事呢？

梳理时间线。王拱辰和王珪在同一年去世，也就是李清照出生的次年，而王拱辰夫人在八年后去世。如果上述记载全部都是无误的，那么由于王拱辰的墓志铭上压根没有提到李格非，可以推断李格非应该是先娶了王珪的女儿，但妻子生下李清照后不久就去世了[1]，然后过了几年，李格非续弦又娶了王拱辰的孙女。

>1. 当时李清照可能还没有满周岁。
——原注

只有这样，才能解释为什么王拱辰的墓志铭没有提到李格非，而他夫人的墓志铭却提到孙女嫁给了李格非——因为王拱辰去世的时候，李格非的妻子还是王珪的女儿；等到王拱辰夫人去世的时候，李格非已经娶了她的孙女。

另外，李清照还有个小她好几岁的弟弟，她对少女时代的一些回忆里面也明确提到了母亲和弟弟。这与王珪神道碑上说大女儿很早过世的记载看似矛盾，实则也有一个合理解释——李清照的弟弟是后母所生。

之所以后世很多人坚持李清照是王拱辰孙女所生，

视王珪女儿的相关记载于无物，甚至连史书都刻意忽略，笔者私下揣测，多半是由于精神洁癖。因为王珪还有个大名鼎鼎的孙女，就是跪在杭州岳王庙前的秦桧之妻王氏。如果李清照确实是王珪的外孙女，那她和王氏就是正经的表姐妹。可能在有些人看来，这将成为李清照的人生污点。

其实大可不必，看一个人要论其心、观其行，不能因为亲戚是小人就去否定她。就算李清照和王氏确实是关系很近的亲戚，能说出“生当作人杰，死亦为鬼雄”，敢于讽遍南宋君臣“南渡衣冠少王导，北来消息欠刘琨”的李清照，又怎么可能看得上秦桧夫妇呢？

遍索李清照的所有诗文，与秦桧夫妇根本一点交集都没有。她就算再落魄，甚至后来因为再婚风波，面临牢狱之灾的时候，都宁愿求告八竿子打不着的亲戚，也没找过秦桧夫妇。反倒是秦桧的哥哥秦梓做翰林学士的时候，曾经刻意将李清照进献给宫里的颂诗压了下来，史载“恶之”。这门亲戚到底如何，也就可想而知了。

不管李清照的母亲到底是哪个王家的大小姐，总之可以肯定的是，她出身于书香门第，再加上父亲李格非位列“苏门后四学士”的身份，李清照从小受到了良好的教育和熏陶。最关键的是，李格非虽然正直，但一点都不迂腐，对女儿从小表露的才情极为自豪。他曾经说“中郎有女堪传业”，表面上是在说东汉文学家蔡邕[2]有女儿蔡文姬能传承事业，其实很明显是在夸自己的女儿，这与当时普遍流行的重男轻女思想形成了鲜明对比。也得益于他的开明，李清照绝代的文学才华才不至于埋没。

>2. 曾任左中郎将，世称“蔡中郎”。——原注

几乎与李清照同时代的另一位女词人朱淑真，就没有李清照幸运，父母竟然将她的诗词文稿付之一炬。两相对比，高下立判。笔者认为，虽然朱淑真一向与李清照齐名，两人才情可能仿佛，但从小生活成长的环境决定了人的心胸格局，所以李清照能吟唱“九万里风鹏正举”，而朱淑真的词基本只停留于“泪洗残妆无一半”。

李格非自豪于“有女堪传业”，当然不是指闺阁情趣和文字游戏。虽然李清照的婉约词风容易给人这个错觉，但不管是李格非还是李清照，都不是沉溺于填词炫技的人。李格非的诗文遗失殆尽，仅流传下来一卷《洛阳名园记》，在其后记中，他的点评如黄钟大吕：

> 公卿大夫方进于朝，放乎以一己之私自为，而忘天下之治忽，欲退享此乐，得乎？唐之末路是已！

比《阿房宫赋》中“秦人不暇自哀，而后人哀之”更为直白、辛辣、悲愤，有振聋发聩之势。可惜，你永远叫不醒一群装睡的人。这篇文章写于宋哲宗绍圣二年

（公元 1095 年），三十年后，金兵踏雪而来，宋徽宗和蔡京鼓吹的“丰亨豫大”如同肥皂泡，一戳就破了。

而李清照在十七岁那年，尚待字闺中之时，就与“苏门四学士”之一的张耒互相唱和，写下了咏史名句：

时移势去真可哀，奸人心丑深如崖。
西蜀万里尚能反，南内一闭何时开？

追古抚今，心胸气魄可见一斑。

及至晚年，李清照孤苦无依，流落江南。适逢元宵佳节，在朱淑真吟咏“但愿暂成人缱绻，不妨常任月朦胧”的夜晚，她看到的却是山河之悲、家国之伤。看这首《永遇乐·元宵》：

落日熔金，暮云合璧，人在何处？染柳烟浓，吹梅笛怨，春意知几许。元宵佳节，融和天气，次第岂无风雨。来相召、香车宝马，谢他酒朋诗侣。

中州盛日，闺门多暇，记得偏重三五。铺翠冠儿，捻金雪柳，簇带争济楚。如今憔悴，风鬟霜鬓，怕见夜间出去。不如向、帘儿底下，听人笑语。

其时“绍兴和议”已成，南宋已向金国称臣。李清照面对热闹繁华的街市，想到的却是次第风雨和昔日汴京盛况，既有“斯人独憔悴”的自怜，更有“直把杭州作汴州”的悲愤。后来辛弃疾的不朽名篇《青玉案·元夕》对这首《永遇乐》多有借鉴，南宋末年词人刘辰翁更是每诵此词“为之涕下”。可见李清照的词风岂是“婉约”两字可以概括的。

与李格非相比，李清照完全是青出于蓝而胜于蓝。有女如此，确实可以无憾矣。

二、倚门回首，却把青梅嗅

宋哲宗元符二年（公元 1099 年），十六岁的李清照和继母、弟弟一起，从山东老家来到汴京。

初至汴京，难免不适应。李清照常常怀念家乡的山山水水，心念之，歌咏之，行诸笔端，便不同凡响：

常记溪亭日暮，沉醉不知归路。
兴尽晚回舟，误入藕花深处。争渡，
争渡，惊起一行鸥鹭。

这首《如梦令》，如同它所吟唱的“误入藕花深处”的莲舟一般，闯入了繁花似锦的汴京文坛，惊起的是无数赞叹。

李清照此次入京，可能也是因为她年龄渐长，到了谈婚论嫁的时候。在讲究“父母之命，媒妁之言”的时代，历来以她为傲的父亲，当然想为她择一位佳婿，之所以专门把她接到身边，估计也是有让她相看的心思，不至于完全地盲婚哑嫁。由此也可见李格非的开明。

不过，李清照的婚事还真没让李格非操什么心。某日上午，醉酒赖床的李清照与侍女的两句对话，诞生了一首千古名篇：

昨夜雨疏风骤，浓睡不消残酒。
试问卷帘人，却道海棠依旧。知否，
知否？应是绿肥红瘦。

这首《如梦令》其实有着清晰的唐诗渊源。曾被李商隐赞赏“雏凤清于老凤声”的韩偓有一首诗《懒起》：“昨夜三更雨，今朝一阵寒。海棠花在否，侧卧卷帘看。”不过，李清照的词虽然用其意象，但简单的一问一答，韵味、境界明显高出不止一筹。

按古人笔记所载，此词一出，“天下称之”，“当时文士莫不击节称赏，未有能道之者”。李清照不仅彻底红了，还惹来了一位太学生的情思。

时任中书舍人、给事中、吏部侍郎的赵挺之，有一位公子赵明诚。赵明诚年方二十，正在太学读书，读到了李清照的诗文之后，有了淑女之思。

托名元代人创作的小说《琅嬛记》描述，赵明诚某日起床后，告诉父亲说自己做梦都在读书，不过读的什么书记不清了，就记得“言与司合，安上已脱，芝芙草拔”三句话。赵挺之一听就明白了，什么做梦，净是胡扯，这就是一个拆字谜语嘛。“言”与“司”合起来是“词”，“安”的上面脱去是“女”，“芝芙”的草字头去掉是“之夫”，合起来就是“词女之夫”。当时全汴京风头最盛的词女，不就是李清照么？于是赵挺之派人上门提亲，终成姻缘。

当然，小说家言，当不得真。不过，这首有故事的《如梦令》同样也有争议，那就是“卷帘人”到底是未嫁之时的侍女，还是婚后的丈夫。众说纷纭，两种观点都不乏大家支持。

认为是丈夫卷帘的，主要是觉得词意除了伤春，未尝没有自怜青春将逝的意思，对着丈夫说这些，别有一番情趣，对着侍女就差了点味道。但笔者个人还是赞同陈祖美先生的观点，即应是侍女卷帘：一则词是模仿韩偓诗作，原诗描写的就是娇憨少女；二则成婚以后，不太可能深夜饮酒，早上睡懒觉，毕竟还有公婆妯娌在。

不管如何，李清照词名大盛，引来赵挺之为儿子上门提亲，这是明确的。

这里又不得不赞叹李格非的开明。原来，从政治上讲，赵挺之本人倾向新法一派，而苏轼在当时被认为是旧法一派。这么简单划分其实有待商榷，不过党争至此，基本也没什么理智可言。作为苏轼门人的李格非，曾经因为不赞成宰相章惇对旧法派的打击，而被贬官外放。这么来看，李赵两家没有互相攻讦就不错了，更不要说结亲家。但李格非并未因为上一辈的不同政见就否决这门婚事，他了解了赵明诚的品行和学识之后，还邀请赵明诚过府做客，算是当面相亲。最后定下亲事，足见其对李清照的爱护。

赵明诚到李府做客时，李清照应该也偷偷去看了，她还填了一首《点绛唇》，生动地记下了这一幕：

蹴罢秋千，起来慵整纤纤手。
露浓花瘦，薄汗轻衣透。
见客入来，袜刬金钗溜。和羞
走，倚门回首，却把青梅嗅。

简直是大型古装偶像剧的场景。

多说一句，这首词也模仿自韩偓，原诗为：

秋千打困解罗裙，指点醍醐索一尊。
见客入来和笑走，手搓梅子映中门。

宋徽宗建中靖国元年（公元1101年），十八岁的李清照嫁给了二十一岁的赵明诚。婚后两人的生活很幸福，痴迷金石文物的赵明诚上街淘宝时，还不忘给妻子买干果蜜饯。

与明清时代大门不出、二门不迈的大家闺秀不同，李清照还常常和赵明诚上街游玩。两人遇到卖花人，又留下了别有情趣的一幕：

卖花担上，买得一枝春欲放。
泪染轻匀，犹带彤霞晓露痕。
怕郎猜道，奴面不如花面好。
云鬓斜簪，徒要教郎比并看。

与花比娇、求郎赞美的姿态跃然纸上，可亲可爱。

这一时期的李清照，是明艳可爱的，“谁教并蒂连枝摘，醉后明皇倚太真”；是幸福自在的，“金尊倒，拚了尽烛，不管黄昏”；更是自信昂扬的，“何须浅碧轻红色，自是花中第一流”。

三、人比黄花瘦

宋徽宗崇宁元年（公元 1102 年）七月，嫁给了爱情的李清照遭受了人生的第一次打击。

登基不久的宋徽宗任用蔡京为相。为迎合宋徽宗敛财享乐的需求，蔡京看中了王安石变法中聚财的措施，将自己包装成新法的捍卫者，大肆打击在宋哲宗元祐年间掌权的旧法一派，编制“元祐党籍”，斥之为“奸党”。宋徽宗手书名单，在汴京的端礼门立碑，史称“元祐党人碑”。

苏轼因为曾经批评新法，排在“元祐党人碑”待制以上官员的第一位，而李格非作为苏轼的门生，也“榜上有名”。实际上，主持变法的王安石归老江宁（今江苏南京）后，苏轼还专门去探望。王安石亲自去渡口迎接苏轼，两人诗酒唱和，把臂同游，全无芥蒂。两人之间的所有争论，都是一心为公，真正对事不对人。蔡京之辈，何尝有过这样的君子之风？

朝廷下令贬斥所有“奸党”，并于次年禁止党人子弟留居京城，李氏家族当然也不例外。新婚不久的李清照不得已离开丈夫，以“归宁”的名义回到明水老家。“归宁”本意是出嫁女子回娘家省亲，比如《红楼梦》里贵妃元春回贾府，但李清照这种情况，所谓省亲云云，只是遮羞布罢了。

最让她痛苦的，是公公赵挺之在这次政治风波中的角色。赵挺之是编订“元祐党籍”的急先锋，也收到了丰厚的政治回报，由吏部尚书一路升迁为中书门下侍郎，不久之后更是得以拜相。娘家和婆家在政治上的对立，使得李清照备受煎熬。为救助父亲，李清照还上书赵挺之，引用黄庭坚的诗句“何况人间父子情”，这感动了许多人，只是并不包括赵挺之，李格非依旧被免职。素来刚烈的李清照激愤之下写下了“炙手可热心可寒”的诗句，表达对赵挺之的不满。

稍可安慰的是，在这场风波中，赵明诚虽然没有公然对抗父亲，但他的态度应该还是倾向于岳父的。他的姨父陈师道在写给黄庭坚的信里说：“明诚……每遇苏（轼）、黄（庭坚）文诗，虽半简数字必录藏，以此失好于父。”在父权社会，这差不多是赵明诚能做到的极致了。

初与丈夫分别的李清照，寒夜对清秋，离愁无从排解。看看这首《一剪梅》：

> 红藕香残玉簟秋，轻解罗裳，独上兰舟。云中谁寄锦书来，雁字回时，月满西楼。
>
> 花自飘零水自流，一种相思，两处闲愁。此情无计可消除，才下眉头，却上心头。

这一首可能算是现代人最爱的李清照词作了，甚至被谱上新曲，一度广为流行。在后世文人的各种文集、词话中，这首词也是评价最高的李清照作品之一。开篇“红藕香残玉簟秋”被誉为“吞梅嚼雪，不食人间烟火气象”，结尾“此情无计可消除”更被评价为“憔悴支离”和“凄绝”。

说点闲话，“兰舟”到底如何理解？如果说是泛舟湖上，好像与上下文的时间（月上中天）、场景（玉簟[3]）都不太和谐。笔者比较赞同谢桃坊先生的观点，即此处“兰舟”应代指床榻。

>3. 即精美的竹席。

崇宁三年（公元1104年）的重阳节，仍在明水老家的李清照，看不到任何局势好转的迹象。她与丈夫迟迟不得团聚，又忧心父母，百般愁绪郁结于心，于是置酒遥祝，填了一首《醉花阴》：

薄雾浓云愁永昼，瑞脑销金兽。
佳节又重阳，玉枕纱厨，半夜凉初透。
东篱把酒黄昏后，有暗香盈袖。
莫道不销魂，帘卷西风，人比黄花瘦。

这是一首有故事的词。首先是千古名句“帘卷西风，人比黄花瘦”，到底是“比”还是“似”，有不同的版本，争论颇多。此处从吟诵节奏、习惯以及凄冷的语境看，还是取“人比黄花瘦”更佳。

另有一个故事，也是《琅嬛记》所载：李清照将这首《醉花阴》寄给赵明诚后，赵明诚大为赞赏，但也兴起了一较高下的心思，于是闭门谢客，三天三夜间废寝忘食，填了五十首《醉花阴》。待朋友陆德夫来访，赵明诚将李清照的作品夹杂在自己的五十首作品中，一并请陆德夫品评。陆德夫也是个实在人，在反复比较后点评："只三句绝佳。"赵明诚追问是哪三句，陆德夫回答："莫道不消魂，帘卷西风，人似黄花瘦[4]。"

>4.《琅嬛记》原文如此。

虽是小说家言，但李清照的才华确实如锥入囊中，锋芒立现，足以"压倒须眉"。

李清照和赵明诚如此两地分居的日子，持续了大约三年。其间，赵挺之拜相后因与蔡京争权，一度自请去职。直到徽宗玩起了帝王的平衡把戏，蔡京罢相，赵挺之二次拜相，原先用作排除异己借口的"元祐党禁"也不再严格，李格非才得以回京，李清照终于和丈夫团圆。

只是仕途上一时的得意永远都不足凭，尤其是在北宋末年那个混乱的环境中。仅仅一年后，徽宗觉得还是离不开蔡京敛财和粉饰太平的本事，于是蔡京复出为相，赵挺之罢相，且五天后就突然病逝。

政争中哪有感情可讲，何况是历史上出名的小人蔡京。赵挺之去世仅三天，蔡京就指使人将赵挺之全家逮捕下狱，赵明诚也不例外，李清照在已复职的李格非庇护下才免除了牢狱之灾。

一番折腾之后，赵家老小被轻飘飘的一句"无实事"就打发了。蔡京如此做法，除了想恶心赵家人，出一出政争的恶气，更是对政敌的一种震慑。前后将近四个月的牢狱之灾，估计从小含着金汤匙出生的赵明诚没少受折磨。从后来他的作为来看，可以说他是一名合格的学者、绅士，但从来就不是什么刚烈、坚韧之人。蔡京的大棒，基本打消了赵明诚在仕途上的期待，他虽然不甘心，但好在能与妻子平安团聚，也就知足了。

于是，赵明诚、李清照夫妇随着赵氏家族同归青州，远离了汴京，也远离了那些纷纷扰扰。如果说赵明诚多少还有些不甘心的话，李清照则是发自内心的快活和放松。她给青州的居所起名“归来堂”，取陶渊明《归去来辞》之意，悠然自得，一住就是十年。

青州十年，应该是李清照一生中最平安喜乐的时光了。晚年她曾回忆，在归来堂上，饭后夫妇指着堆积的书籍游戏，轮流说某事在哪一本书的哪一页哪一行，说中了的先喝茶，获胜者常常乐不可支，茶杯倾覆以至于一口茶都喝不到。后世纳兰性德最出名的悼亡词《浣溪沙》中，就有“赌书消得泼茶香”的描述，无疑是对李清照夫妇的效仿。

夫妻之间的感情、精神世界的契合，都正是最美好的时候，李清照不禁感叹“甘心老是乡矣”。在这段悠闲隐居、琴瑟和鸣的快乐时期，李清照流传的词作反倒不多，原因一方面在于，她的主要精力都放在了和赵明诚一同整理金石文物，撰写《金石录》上；另一方面则在于，这正是她词风沉淀的时期。李清照前期的词，很多还能看到对唐诗的模仿，主要体现的是她绝世的才华；而在青州乡里，她开始更多地思考词的创作理论，不太满意的词作可能就随写随弃。

李清照对五代以来词的创作进行了梳理和反思，写了一篇《词论》，以深厚的文学、音乐和美学功底，对北宋以来词为诗之“余技”的观点进行了批驳。她还重点结合词的音乐性，甚至音乐的流行趋势，对北宋词作名家一一点评：柳永合于音律，但词句俗不可耐；张先、宋祁等人偶有佳句，无甚佳篇，不算名家；晏殊、欧阳修、苏轼等人学究天人，但完全是以诗入词，不协音律；王安石、曾巩的词读不下去；只有后来晏几道、贺铸、秦观、黄庭坚等人，才算得了词中三昧。其中臧否人物的气魄，巾帼不让须眉的豪气，让人侧目。

后世士大夫多有因此斥责李清照狂妄的。但就事论事，李清照以五音、五声、六律来论述词的创作，区别于诗的平仄格律，是有道理的。而且单论填词，李清照无疑也有资格去点评那些大家。不说别的，光看她旗帜鲜明地提出词“别是一家”，理直气壮地为词正名，就是发前人之所未发，算是正式奠定了宋词与唐诗分庭抗礼的地位，无愧于她词宗的身份。

四、凤凰台上忆吹箫

宋徽宗宣和二年（公元1120年），徽宗厌倦了蔡京的昏聩老朽和不知进退，勒令其致仕。

蔡京的失势，无疑搬开了压在赵家人头顶的大山。也就是在这前后，赵明诚得以重新出仕，先后任莱州、淄州知州等职。这对赵明诚而言，当然是重振家门荣耀的机会；但对李清照而言，却算不上什么好事。一方面，李清照“甘心老是乡”的美好愿望落空，不得已随着赵明诚的仕宦之途奔波；另一方面，李清照和赵明诚的感情也平添了许多风浪。

平心而论，赵明诚是个好人。他在政争中对独立思考的坚持、对妻子的珍重以及患难与共的情怀，都配得上李清照的才情；在金石文物考古上存亡继绝的使命感、责任感和全情贡献，称一声光耀史册也不为过；至于后来在建炎年间御敌上表现的不堪，只是因为被放到了不合适的岗位上而已，在投降派遍地的情况下，他的行为也实在不好过于苛责。

但就是这样一个人，以现代的爱情观来看，一些所作所为也值得批判，其中最主要的就是蓄养歌伎美妾，另外就是对成婚近二十载却依然“无后”心存芥蒂。按现代医学知识，娇妻美妾环绕却没有子女，问题当然出在男方身上；但按当时的观点，却要完全归咎于女方。

根据李清照的回忆和相关考证，年近四十的夫妻二人日常相处中更多的是亲情的牵绊，相比热恋的情侣，更像志同道合的研究伙伴，或者志趣相投的至交好友。少年时代的魂牵梦萦，卖花担旁的娇羞万种，终究抵不过岁月的侵蚀。

在乡间隐居时，贫贱夫妻相濡以沫，埋首于学术研究，既无外在的纷扰，也无声色的诱惑，这些隐藏的感情心结还不明显。等到赵明诚重新出仕，冲突立刻不可避免。最开始就是赵明诚离乡任职时，不顾李清照的请求将她留在乡下，甚至可能携年轻的侍妾上任。李清照不可避免有了“婕妤之叹”[5]，词中也少见地有了深闺怨妇的情绪。看这一首《凤凰台上忆吹箫》：

> 香冷金猊，被翻红浪，起来慵自梳头。任宝奁尘满，日上帘钩。生怕离怀别苦，多少事、欲说还休。新来瘦，非干病酒，不是悲秋。
>
> 休休！这回去也，千万遍《阳关》，也则难留。念武陵人远，烟锁秦楼。惟有楼前流水，应念我、终日凝眸。凝眸处，从今又添，一段新愁。

>5，相传汉代才女班婕妤曾作《怨歌行》（又名《团扇歌》），抒发其失宠于汉成帝的哀怨之情。后世称这种被弃女子的慨叹为“婕妤之叹”。

如果说这首词有“婕妤之叹”尚有争议的话，后来李清照主动前往赵明诚任职的莱州与丈夫团聚，受到了冷落则是确凿无疑的。俗话说“小别胜新婚”，既然夫妻感情很好，赵明诚又是异地任职，一别经年，李清照主动来探望，二人应该如胶似漆才是。结果李清照在到达莱州后所写的《感怀》诗序言中说道："八月十日到莱，独坐一室，平生所见，皆不在目前。"在诗里，这种被冷落、疏离的情绪就更明显了：

寒窗败几无书史，公路可怜合至此。
青州从事孔方兄，终日纷纷喜生事。
作诗谢绝聊闭门，燕寝凝香有佳思。
静中我乃得至交，乌有先生子虚子。

李清照引用袁术穷途末路的感叹，描述自己一无所有的状况；又用"青州从事"和"孔方兄"代指美酒和钱财，描述丈夫的日常生活，充满了理想的幻灭——曾经沉迷考古、风雅无边的才子，一旦进入官场，居然沉溺于酒色财气；最后说自己静中独处寻得了至交——那子虚乌有的高人雅士。

不过，这期间的生活，在赵明诚的回忆中，却有另一番景象。赵明诚在淄州任职期间，偶然得到了白居易手书的《楞严经》，一时欣喜若狂，在题跋上记载：

因上马疾驱归，与细君（妻子）共赏。时已二鼓下矣，酒渴甚，烹小龙团，相对展玩，狂喜不支。两见烛跋，犹不欲寐，便下笔为之记。

其中迫不及待与知音爱人共赏的描述，生动鲜活，感情真挚，完全看不出夫妻间的感情有任何问题。这又是怎么回事呢？首先，这则记载的真实性存在争议，有人考证后世流传的白居易手书《楞严经》乃南宋末年张即之所书，至于其上所谓赵明诚的题跋，当然也是后人伪作。其次，即便题跋确为赵明诚所作，也只能说明赵明诚心思不细，根本没把自己的风流韵事当回事，更不可能关注到李清照的内心变化了。

五、南来尚怯吴江冷

宣和七年（公元1125年）十月，金兵分两路南下，直奔汴京而来。徽宗惊恐至极，全无担当，禅位给了太子，是为宋钦宗。次年改元靖康。

在中国历代皇帝所使用的几百个年号里面，这个新年号基本上算是最出名，同时也最窝囊的一个了。金国虽然在要求宋朝割地赔款之后，一度于宋钦宗靖康元年（公元1126年）初撤军，但于同年八月便卷土重来，很快再次包围汴京。

风雨飘摇中，虽然赵明诚在淄州任上因为平定民乱有功，官升一级，但李清照已经预感到了大厦将倾。她检视随身的书籍文物，心下惶惶：“四顾茫然，盈箱溢箧，且恋恋，且怅怅，知其必不为己物矣。”

靖康二年（公元1127年）三月，赵明诚的母亲在金陵去世。赵明诚南下奔丧，留下李清照在淄州继续收拾。四月初，金军带着俘虏的徽、钦二帝从汴京退师，北宋灭亡。赵明诚幸运地躲过了这场天崩地裂的大变，但留在北方的李清照就没这么好运了。

收到汴京被攻破的消息，李清照急忙从淄州赶回青州归来堂，收拾历年收集的金石文物，按现在的说法，就是要“断舍离”。挑挑拣拣，暂时留下的文物古籍堆积了十余间屋子，准备随身南下的文物足足有十五大车。终于，李清照带着文物长驱江淮，准备去投奔丈夫。

虽然李清照没有详细描述一路上的情景，但根据宋人确庵、耐庵编撰的《靖康稗史笺证》记载，“渡河后，居民尽矣。荆榛瓦砾中，尸骨纵横。御车牛马时有倒毙，脔割争啖”，可以窥见时局之混乱。一位弱女子，携带大量珍贵的文物逃难，其惶急惊恐之处，自不待言。

这些文物，按赵明诚的说法，是“圣贤遗迹，著于金石者多矣”；按李清照的回忆，更是他们夫妇“食去重肉，衣去重采”，尽力搜集的。金石文物中凝结了两人前半生的心血，以及鸾凤和鸣的美好回忆，当然不忍遗弃。

奈何局势一日坏似一日，屋漏偏逢连夜雨。先是当年十二月，金兵攻陷青州[6]，留在青州十余间屋子里的收藏全部毁于大火。后是次年春天李清照渡江时，遇到了盗贼劫掠，虽然最珍贵的蔡襄书法《赵氏神妙帖》得以保全，但其余文物还是损失了不少。李清照

>6.《〈金石录〉后序》称“金人陷青州”，但有学者认为是青州兵变。

好容易才到了江宁，与赵明诚团聚。

其时宋高宗已登基大半年，赵明诚也已被起复为江宁知府。最初高宗赵构曾想迁都金陵，因此江宁知府的位置相当重要。赵明诚同时还兼任江东经制副使，算是一方封疆大吏了。这也是他一生仕途的顶点。

但李清照在江宁看到的是什么呢？好容易逃出生天，惊魂未定的群臣立刻又开始了醉生梦死的生活。尤其是赵明诚，作为一方守臣，面对随时有可能成为前线战场的长江防线，究竟在干什么呢？他一方面重又开始倚红偎翠，另一方面继续大量搜集古玩字画，甚至不惜巧取豪夺。赵明诚借来表侄谢伋所藏的阎立本《萧翼赚兰亭图》，竟然拒绝归还。只能说，损失了大量收藏，又骤登高位的赵明诚，可能已经魔怔了。

李清照极为失望，在三月初三上巳节，赵氏宗族大聚会的热闹场面中，冷冷地填了一首《蝶恋花》：

> 永夜恹恹欢意少，空梦长安，认取长安道。为报今年春色好，花光月影宜相照。
>
> 随意杯盘虽草草，酒美梅酸，恰称人怀抱。醉里插花花莫笑，可怜春似人将老。

其中“空梦长安”之语，颇有家国北望的深沉，“可怜春似人将老”更有自怜自伤之意。

在词作中，李清照一贯坚持词“别是一家”，讲究音韵美的创作理念，因而往往显得婉转哀怨。但在同时期的诗作中，她就远没有那么婉转了。她说“南渡衣冠少王导，北来消息欠刘琨”，借当初“五胡乱华”时，东晋王导安定江东和西晋刘琨坚守晋阳的典故，来反讽南宋君臣苟且偷安的丑态。她还说“南来尚怯吴江冷，北狩应悲易水寒”，对被俘虏的徽、钦二帝和南渡的高宗，都没什么好话。至于最著名的，当然就是那首《夏日绝句》：

生当作人杰，死亦为鬼雄。
至今思项羽，不肯过江东。

难以相信，两宋之交，乾坤倾覆，号称养士两百年，曾经文星璀璨的宋王朝，发出最强音的居然是一个弱女子。那些高中进士的大好男儿真应该羞死！

优游林下时，赵明诚是一名卓越的学者，是一个善良的人，也是一位合格的丈夫。但进入官场这个大染缸之后，他人性中差劲的一面被迅速放大，除了收藏文物时的不择手段，其治政水平也难称高明，而且为官毫无担当。

当时一日三警的金陵城局面极为复杂，赵明诚完全掌控不住。某次，他手下的一名军官阴谋反叛，有人探知后赶紧告诉了他，可他竟然完全不当回事。结果那名军官一不做二不休，当天晚上就以纵火为号，起兵作乱。再看赵明诚，他作为一城的最高长官，居然连夜用绳子从城墙上攀爬逃跑了。如果不是向他报信的下属有所防备，金陵城的局面差点失控。

虽然历史上对这件事的细节没有明确记载，李清照后来的回忆中也没有提到这件事，但笔者相信，当时赵明诚应该是孤身一人逃命，既抛弃了官位和百姓，也顾不上结发妻子。尽管赵明诚表现如此不堪，但得益于宰相子弟的身份，帝位尚未稳固的宋高宗并没有多做计较，只是罢了他的官。于是李清照夫妇又流落于芜湖、姑孰（今安徽当涂）、池阳（今安徽贵池）一带。如果说赵明诚通过这段时间为官的经历，能清醒地认识到自身的缺点，安然接受隐居做学问的现实，未尝不是好事。遗憾的是，赵明诚依然孜孜于仕途，可能还托了不少人向皇帝表忠心，终于又等来了复起的机会。

六、情怀不似旧家时

宋高宗建炎三年（公元1129年）五月，皇帝下旨，起复赵明诚为湖州知州。谁知道，貌似皇恩浩荡的恩旨，居然成了索命的勾魂帖。

原来，赵明诚接诏以后立刻动身，冒着酷暑驰马赶路，想尽快到建康城[7]向皇帝谢恩。已经四十九岁的赵明诚，怎么经得起这样折腾？加之性子急躁，滥用猛药，他很快就一病不起。等李清照得到消息，赶到丈夫身边时，赵明诚已病入膏肓，很快就撒手人寰。

>7. 江宁于本月改称建康。

悲痛欲绝的李清照，料理了丈夫的丧事，同时也原谅或者说淡忘了曾经的那些不愉快。她说赵明诚“殊无分香卖履之意”，借用曹操去世前妥善安置侍妾“分香卖履”以维持生活的旧事，喻指赵明诚临终时完全没有挂念那些莺莺燕燕，虽则对那些可怜的女子不公平，可好歹为自己找到了淡忘的借口。能怎么办呢？人死如灯灭，毕竟是相伴了近三十年的良人，一俟永别，选择性保留的当然是那些美好的回忆，卖花担上、帘卷西风、赌书泼茶……不然，接下来的漫长岁月如何打发？

随着时间的推移，泪痕总有干的时候，但午夜梦回，深埋的悲伤总不期而至，宣之于笔端，就是那些优美而心碎的悼亡词。来看这首《南歌子》：

> 天上星河转，人间帘幕垂。凉生枕簟泪痕滋，起解罗衣，聊问夜何其？
>
> 翠贴莲蓬小，金销藕叶稀。旧时天气旧时衣，只有情怀，不似旧家时。

刺绣的衣服颜色暗淡，金线绣成的荷叶日渐稀疏，除了说生活的落魄，可能还有更深的含义。李清照在《〈金石录〉后序》中回忆，在青州时为购买中意的文物古籍，“首无明珠、翠羽之饰，室无涂金、刺绣之具”。这件旧衣服，或许曾经是夫妇俩共同节衣缩食、搜集整理文物的见证。

家国的倾覆、丈夫的去世，陡然把李清照抛入了命运的激流中。可颠沛、艰辛之余，从另一个角度看，这未尝不是一种解放。李清照不再是宰相儿媳、知府夫人，而是作为一个独立的人生活、思考、发声。词家公认，南渡以后，李清照的词作气象为之一变，境界始阔。

赵明诚虽已去世，但他金石大家的名声闻于天下，一些文物惹来的诸多麻烦，都要李清照一一承担。不知何时，一则流言突然传扬开了。原来，赵明诚病重的时候，曾有朋友前来探望，顺便拿了一把“玉壶”让他鉴宝。赵明诚鉴定后认为，那壶实际上是一种像玉的石头，不值什么钱，于是朋友离开的时候就把壶拿走了。结果这事传来传去，居然就变成赵明诚托人将一把宝贵的玉壶送给了金国人。

这相当于给赵明诚扣上了通敌卖国的帽子，在战事未息的时候，可是要命的事情。其实细究起来，赵明诚当时已经病入膏肓，还有什么动机去贿赂金兵？奈何谣言越传越广，李清照甚至听说有人准备弹劾赵明诚。惶恐之下，李清照只得携带还在身边的一些铜器等珍贵文物，准备投献给高宗皇帝，洗脱亡夫的通敌嫌疑。

结果不凑巧，她赶到哪里，皇帝总是刚离开哪里不久。其实也很好理解，毕竟后面有金兵在追，皇帝要逃命嘛，当然跑得快。于是李清照就在两浙越州（今浙江绍兴)、明州(今浙江宁波)一带奔波,并不得已将文物寄存在了剡县(今浙江嵊州)。结果等到朝廷平定叛乱兵卒时,她寄存的文物被官军席卷一空。文物没了,谣言也没人传了,真相如何也就没人关心了。

在追赶高宗逃难步伐的时候,李清照看到了太多的亡国景象,也经历了太多的磨难。但她的精神不仅没有低沉,反而难得地昂扬起来。笔者总有一个感觉:其实李清照对金石文物没有那么全情投入,她的付出很多时候只是因为这是她与丈夫共同的事业。在丈夫去世、文物流散以后,她反倒轻松了一些。

据说,在温州江心屿,海天之间,她做了一个关于神仙的梦,于是填了平生最豪放的一首词,也就是《渔家傲》:

> 天接云涛连晓雾,星河欲转千帆舞。仿佛梦魂归帝所。闻天语,殷勤问我归何处。
>
> 我报路长嗟日暮,学诗谩有惊人句。九万里风鹏正举。风休住,蓬舟吹取三山去!

实在有太白梦游天姥山的遗风,气魄之雄壮不让苏辛。后来很多大家解读词中“帝所”“天语”,认为是指代一度逃至温州江心寺的高宗皇帝,还有将“三山”解释成境内有三山的福州,说李清照曾想经福州去泉州,投奔时任泉州知州的赵明诚兄长。笔者个人觉得，以上有过度解读的嫌疑。在高宗皇帝东奔西突，惶惶不可终日，随时准备浮海而去的时候，如果以这种雄壮之声逢迎，恐怕会被认为是讥讽吧。而且一会要追随皇帝，一会要投奔亲友，怕是生不出“九万里风鹏正举”的豪气吧。

整首作品读下来，只觉得豪气顿生，欲乘风归去。即使写作时间不明，也无损全词的意境，又何必用一些似是而非的线索去关联她的生平？

话说回来，等到玉壶风波过去后，李清照随身的文物只剩下了五六筐。流落越州的时候，她借住在钟氏家里，某日发现这五六筐文物几乎全部被盗。悲恸不已的李清照拿出所剩不多的钱财悬赏寻物。没承想刚过两天，住在她隔壁的钟复皓拿了十八卷字画来领赏。李清照一下就明白了，东西就是姓钟的所偷，于是苦苦哀求钟复皓把其余文物还给她，可钟复皓置之不理，扬长而去。一个新寡的弱女子，能奈他何？

不过，天道有轮回，后世终于有人打抱不平，他就是明代第一相国张居正。据传当时张居正手下有一位姓钟的小吏，张居正听出他是浙江口音，于是问：“你是会稽[8]人吗？”小吏回答是，张居正的脸色立马就变了。小吏求生欲还是蛮强的，虽然不知道相国为什么不高兴，但立马回答：“不过我是新近从湖广迁过去的。”结果张居正还是开除了他，理由就是他与钟复皓

>8. 即宋代的越州。——原注

同乡同姓。虽然钟姓小吏很可怜、无辜，这种记载也不可尽信，但听来还是大快人心。

七、物是人非事事休

宋高宗绍兴二年（公元1132年）春，李清照来到临安（今浙江杭州）[9]，托庇于弟弟李迒。

>9. 杭州于建炎三年（公元1129年）升为临安府，并于绍兴八年（公元1138年）正式成为南宋首都。此后不再注明。

其时李迒在高宗皇帝身边做编定诏书的工作。已经四十九岁的李清照有病在身，孤苦无依，于是李迒把姐姐接到了身边。

从靖康年间算起，将近五六年的时间，李清照基本一直在东奔西走、担惊受怕。身体状况本就不好的她，此次算是病来如山倒。按她后来的回忆，不仅病重得出现了幻听，甚至到了准备后事的地步。

就是在这次病中，留下了李清照生平最大的一桩公案。根据李清照事后的文章和南宋一些文人的笔记，当时有一位名叫张汝舟的小官吏，可能是通过李迒的关系，主动上门结识李清照，还向她求婚。李清照病得糊里糊涂，结果就相信了张汝舟的花言巧语，答应了这门婚事。

但婚后李清照很快发现，张汝舟的“如簧之说”“似锦之言”都是鬼话。他是听说了赵明诚金石大家的名声，以为李清照必然继承了大量值钱的文物，于是费尽心机接近李清照，图谋她的收藏。李清照当然不肯，两人就开始争执，张汝舟甚至经常动手打李清照。

看起来病弱衰老的李清照，实际上是何等刚烈之人，当即就想离婚。但在南宋，离婚可不是那么容易的事。所谓“和离”，多由男方发起，至少男方必须同意。张汝舟未达目的，当然不肯。李清照抱着鱼死网破的心思，主动把张汝舟给举报了，告他伪造为官档案，骗取官职。张汝舟被发配柳州，李清照告发亲属，按律应坐牢，于是也入狱了。

其时秦桧已是宰相，他的夫人和李清照很可能是嫡亲的表姐妹，但李清照却无只言片语相求，而是求助于赵明诚的远房表弟——与秦桧对立的朝中重臣綦崇礼。綦崇礼伸出援手，李清照在狱中只呆了九天就出狱了，还专门给綦崇礼写信表示感谢。

整件事情的来龙去脉其实还是比较清晰的，南宋有不下七部笔记中或多或少提到了这件事，但到了明清两代，不少文人却对这件事的真实性提出质疑，说是因为李清照对当时学者的批评讥讽得罪了许多人，他们就费尽心思编造故事往李清照身上泼污水。进而到了现代，也有许多学者各持一端，互不相让，让整件事变得扑朔迷离。

综合各方记载，笔者个人认为，李清照改嫁应该确有其事。南宋文人虽然对这件事情有所非议，但“饿死事小，失节事大”的观念还远没有明清时候那么盛行。再说了，李清照在世的时候，并无后世那么大的影响力，一两个人可能因为谣言说错了，但不可能那么多人都记错了，更不会有那么多人费尽心思去污蔑一个寡妇。

明清乃至现代，坚持李清照不曾改嫁的人，多半还是由于精神洁癖，更愿意相信自己通过作品想象出的那个李清照。至于仍然认为这是李清照的人生污点，并坚持不肯相信的道学之士，只能说脑子里面余毒未清。梳理事情经过，李清照做错了什么吗？她也是受害者啊，怎么就是污点了？

经过此事，李清照身累心更累，病中填了一首《摊破浣溪沙》：

病起萧萧两鬓华，卧看残月上
窗纱。豆蔻连梢煎熟水，莫分茶。
枕上诗书闲处好，门前风景雨
来佳。终日向人多蕴藉，木犀花。

卧床养病间聊以诗书遣怀，孤寂之情可见于笔端。

李清照本想在西湖畔整理赵明诚的著作《金石录》，了此残生，可惜却不能如愿。其时南宋君臣已被金兵吓破了胆，一味苟且求和，导致局势总安定不下来。心忧家国的李清照，可不仅仅会“卧看残月”。当得知高宗派韩肖胄[10]出使金国时，她主动献了两首诗，其中

>10．后来主持开禧北伐的韩侂胄的堂兄。——原注

有“欲将血泪寄山河，去洒东山一抔土”的慷慨陈词，更有“长乱何须在屡盟”的大胆呐喊。拳拳爱国之心，足以光耀史册。

人微言轻的李清照，干预不了朝廷的运转，软弱的对金政策还是一如既往。绍兴四年（公元1134年），金兵兵临临安城下，李清照不得不逃往金华避难。此后几年，她在金华、临安一带流寓，饱尝了艰辛。

某个春日，她写下了《武陵春》：

风住尘香花已尽，日晚倦梳头。
物是人非事事休，欲语泪先流。
闻说双溪春尚好，也拟泛轻舟。
只恐双溪舴艋舟，载不动、许多愁。

这沉重难解的愁绪，岂止伤春悲秋的小女儿心思？

可能有人会说笔者矫情：明明这只是普通的伤春之作，何必无限拔高？那我们来看看李清照在同一时期、同一地点所作的诗《题八咏楼》：

千古风流八咏楼，江山留与后人愁。
水通南国三千里，气压江城十四州。

其中十四州有个典故。唐末五代时期，诗僧贯休曾经写“满堂花醉三千客，一剑霜寒十四州”献给吴越王钱镠。钱镠要求将“十四州”改成“四十州”，贯休却答复：“州亦难添，诗亦难改。”后来果不其然，吴越国一直偏安一隅，直至灭亡。用在此处，江山之愁到底为何，就不难理解了。

八、尾声

大约在绍兴十三年（公元1143年），六十岁的李清照将丈夫和自己半生的心血《金石录》进献给朝廷。《金石录》最终得以刊印于世，可以说了结了她毕生最大的心愿。

此后，李清照大概就定居在临安了。我们能从时人的回忆中窥见她的一点事迹，比如她曾经给皇宫贵人献过诗，曾经教一位名叫韩玉父的女子作诗，曾经收藏到了米芾的书法作品，等等。从她的几篇文章中看，她闲时可能还会玩“打马”[11]。

>11. 一种棋类游戏。

随着记录的日渐稀少，她的人生也慢慢走向尽头。现在能找到的关于李清照的最晚记载，是陆游在一位老夫人的墓志铭里面提到的：“李氏……欲以其学传夫人，时夫人始十余岁，谢不可，曰：‘才藻非女子事也。’”根据墓志铭记载，这位夫人出生于绍兴十一年（公元1141年），当时尚未满十五岁。以此推断，李清照想收徒弟，应该是她七十三岁之前的事。可惜，这位夫人以“才藻非女子事”为由拒绝了李清照，一生才高、心气更高的李清照，想必听后心情会很复杂吧。

此后，在宋人的各类正史、野史、笔记、文集、诗集，甚至是文物字画的题跋中，都再也找不到李清照生活的任何痕迹了。她到底去世于何时，葬于何地，实在不可考了。

她的晚年生活，大概是凄苦的。就用这首不知作于何时何地的《声声慢》作结吧：

　　寻寻觅觅，冷冷清清，凄凄惨惨戚戚。乍暖还寒时候，最难将息。三杯两盏淡酒，怎敌他、晚来风急。雁过也，正伤心，却是旧时相识。

　　满地黄花堆积，憔悴损，如今有谁堪摘。守着窗儿，独自怎生得黑。梧桐更兼细雨，到黄昏、点点滴滴。这次第，怎一个愁字了得。

陆游·第六

亘古男儿更有情

宋宁宗嘉定二年（公元1210年）十二月二十九日[1]，越州（今浙江绍兴）山阴。

>1. 嘉定二年末恰好在公元1210年初。

一间简陋的屋舍内，人们围着床上一位耄耋老人低声咽泣。老人气息已微弱至极，随时有归西的可能。老人的儿子强忍悲痛，俯身问父亲还有什么后事需要交代。老人轻轻摇了摇头，然后示意儿孙都近前来，张口吟道：

死去元知万事空，但悲不见九州同。
王师北定中原日，家祭无忘告乃翁。

老人吟毕，最后又不甘心地望了一眼北方——那是中原的方向，溘然长逝。

一、我生学步逢丧乱

宋徽宗宣和七年（公元1125年）十月十七日清晨，风雨大作。淮河边的一艘官船上，传来一声响亮的婴儿啼哭。

婴儿的父亲，即将进京述职的新任京西路转运副使陆宰，面对略显意外地来到人世的第三个儿子，倒也没有手忙脚乱。不过船上的条件也实在说不上好，他只得因陋就简，操起火钳剪断了婴儿的脐带。

为纪念孩子在自己宦游途中的水边出生，陆宰给这个孩子起名为“游”。

关于陆游名字的由来，写过“一枝红杏出墙来”的南宋诗人叶绍翁，在笔记《四朝闻见录》中作了另外一种记载：陆游的母亲在生陆游之前，或许是心怀美好的愿望，梦到了北宋著名的才子秦观，于是依秦观字少游而给孩子取名为陆游，字务观。

实际上这很可能是个误会。首先，秦观基本算是陆宰上一辈的人，考察秦观的行迹，虽然曾到过浙江，但与陆家也没什么交集。其次，陆游的母亲唐夫人出身于官宦世家，陆家本身也是宰相门第，唐夫人的眼光应该是很高的。从后来她对陆游婚事的干涉来看，她不太可能如此推崇一生仕途坎坷的秦观。

倒是金庸先生的祖先查慎行认为，陆游的名和字除了与陆宰的宦游相关外，应该来自《列子》的“务外游，不知务内观”，代表了外在追求和内心修养的关系。这与陆家数代信奉道教的家风也刚好契合。

除了名字，陆游诞生的这个年份也很特别。就在他出生的宣和七年，金兵于年初灭亡辽国后，十月便两路攻宋，直指汴京。听闻消息，宋徽宗被吓得昏了过去，醒来后就坚持要禅位给太子，也就是次年改元靖康的宋钦宗。延续了一百六十余年的北宋，已是大厦将倾。

宋钦宗靖康元年（公元 1126 年）正月，金兵兵临汴京城下。宋徽宗禅位之后就逃跑了，宋钦宗本来也想跑，因守臣李纲的极力劝阻才留在了汴京。结果汴京军民本来正在李纲的指挥下奋起抵抗呢，钦宗和一部分大臣就给吓破了胆，答应了金国的勒索条件——缴纳五百万两黄金、五千万两白银和大量绢彩牛马等物，并割让太原、中山、河间三镇[2]，低声下气地将金兵礼送出境。

>2. 当时金军还要求以亲王、宰相为人质。宋钦宗先是派出康王赵构和少宰张邦昌，后又改赵构为肃王赵枢。赵构和张邦昌被金军放还。

结果金兵才走，陆宰就因为御史的弹劾去职。弹劾的罪名尤其搞笑，是给大军的粮草转运不及时，弹劾者全然不考虑变乱时期的困难状况。说白了无外乎金兵撤退后，宋钦宗开始排斥没有及时站队的太上皇旧人了。至于金兵？花钱买平安呗。当初给辽国岁币，不也给了一百多年么？反正都习惯了。

这种国家，如何能不亡？果不其然，不到一年，金兵就卷土重来，攻破汴京，直接掳走徽、钦二帝，灭亡了北宋。

覆巢之下，焉有完卵。在小陆游还懵懂无知的时候，陆家经历了好几次惊魂时刻。陆宰上任之初，把家眷留在了荥阳。靖康之变前后，全家人先是一度迁居汴京，又在兵荒马乱中搬到寿春。结果南宋高宗建炎年间，金兵再次攻宋，中原大乱，陆家又与难民一道南逃，凄凉悲惨至极。此时陆游已经三四岁了，懵懂中开始记事。

这一段逃难经历他永生难忘，老年的时候回忆起来还历历在目：

我生学步逢丧乱，家在中原厌奔窜。
淮边夜闻贼马嘶，跳去不待鸡号旦。
人怀一饼草间伏，往往经旬不炊爨。

这大概就是他一辈子矢志恢复的最初萌芽吧。

多说一句，笔者在本书中重在写陆游作为宋词名家的身份，因此描述他的生活、揭示他的内心，尽量以引用词作为主。可说实话，他一生流传的词作虽然不算少，有一百多首，但和他“六十年间万首诗”比起来，完全不够看。更要命的是，陆游本身对词这种体裁有些偏见，留存下来的词作经过了他本人的大幅删减，不仅影响传世的数量，还导致主题高度趋同于他的志向——北望中原。

言归正传。陆宰带着家人，接下来几年就是避着金兵的锋刃东奔西走。甚至连陆游的启蒙教育，都是寓居东阳时在乡校完成的。

好在沧海横流方显英雄本色，岳飞、韩世忠等人纷纷奋起，接连大败金兵，终于稳定了南宋的局势。九岁的陆游跟随家人回老家山阴定居，这才算安稳下来。在这种局势下，一个幼儿辗转千里，居然平安无事，不得不说一句老天开眼。不然我们就读不到“小楼一夜听春雨”“柳暗花明又一村”“楼船夜雪瓜洲渡”“细雨骑驴入剑门”“铁马冰河入梦来”“纸上得来终觉浅”等经典诗句了。

二、满院绿杨芳草

在山阴，陆游慢慢长大了。出生后的动荡已经过去，惊人的天赋开始显露。他十二岁就能写诗作文，天资聪颖的同时还尤其刻苦，“但喜寒夜永，那知睡味浓”，“自鞭不少贷，冻坐闻晨钟”。也是在十二岁，因为祖父和父亲的地位，陆游得到封荫，被朝廷授予了登仕郎官阶。虽然登仕郎只是一个正九品散官，有级别无职务，但陆游毕竟才十二岁。

许多人在成长中，受到父亲的影响都是巨大的。陆游也是如此。陆宰对陆游的影响主要在三个方面：

第一个是爱书。陆宰能在史书上留名，除了因为他是陆游的父亲，还有一个很重要的原因就是他的藏书家身份。陆家藏图书数万卷，朝廷需要收集典籍的时候，都要派人去陆家抄书。在两宋之交那个风雨飘摇的时节，能尽力收集整理书籍，是对华夏文明的传承有着特殊贡献的。

陆游由此也一生爱书成痴，甚至将自己的居所变成了“书巢”。其书籍之多，以至“风雨雷雹之变有不知也”，“客始不能入，既入又不能出”。这为他贯通古今、博采众长奠定了坚实的基础。

第二个就是爱诗。陆宰虽然不以诗为名，但陆游对诗的追求，正来自父亲。据陆游自己回忆，他十三四岁的时候，有一次在父亲的榻上发现了一卷陶渊明诗集，一读之下很快入迷，甚至连家人喊他吃饭都不理不睬，直到半夜方才醒觉。

第三个就是爱国了。陆宰本身就十分不齿秦桧等投降派的作为，宁愿赋闲也不与其共事，交往的朋友也基本都是矢志恢复中原的人。所以陆游小时候经常见到父亲的朋友们“相与言及国事，或裂眦嚼齿，或流涕痛哭”。这些都对陆游人生观、价值观的形成产生了深刻的影响。

不过总的来说，此时南宋的国势还算是在上升期，金国受国内速度超过了所有人预料的腐化堕落影响，一时还顾不上侵扰南宋，因此陆游的青少年生活过得很惬意，除了求学，就是交友、闲游。十六岁和十九岁那两年，陆游虽然去临安参加了两次科举考试，但他本就打心底瞧不起当时把持朝政的秦桧，又为岳飞被问罪赐死而愤慨不已，再加上少年才高、未来可期，基本算是放弃了这两次考试。陆游后来多次写诗为岳飞鸣不平，这在同时代诗人中是极为少见的。

考试之余，陆游在临安也和好友闲游，岩壑搜奇，酒楼买醉。只不过，如果想从《剑南诗稿》中去考察他的行迹和心理，虽然能看到“灯火都城夜，风雨湖上秋”这样的画面，但紧接着大概还是“但恐富贵逼，肯怀贫贱忧”之类的句子。

反倒是他的词集中，有一些模仿花间派的作品。虽然无法确定写作时间，但根据《长短句序》中“予少时汩于世俗，颇有所为，晚而悔之”的说法，以及他步入仕途之后的心境和文风考虑，这些“艳词”多半就是少年时的作品了。比如这首《如梦令》：

独倚博山峰小，翠雾满身飞绕。
只恐学行云，去作阳台春晓。春晓，
春晓，满院绿杨芳草。

将一位少女的思春情思描绘得如此生动入微，可以窥见陆游当时生活之多彩。

想想也正常，毕竟是宰相子弟，十二岁就有了官身，还是有名的少年才子，又正是知慕少艾的年纪。到老了再看这些作品，如果功成名就，倒也不失为风流逸事；但如果一直仕途潦倒、恢复无望，就难免尴尬。也难怪陆游会“晚而悔之”了。

十七八岁的时候，陆游又迷上了王维的诗，还开始跟随诗人曾几系统地学诗。曾几就是写过“绿阴不减来时路，添得黄鹂四五声”的那位，是江西诗派的继承者，但又在江西诗派的冷硬、寒瘦之外，发展了鲜活、平实的风格，大大拓展了南宋诗的路子，也深刻影响了陆游一生的风格。如果说古代普通人的志愿是“不为良相便为良医”的话，陆游的志愿估计就是“不为良相便为诗人”，以期有助于教化。

至于词，陆游词最大的特点就是风格多变，且每一种都能臻于极致，不过可惜的是，每一种风格的代表作距离极致境界又都差了那么一点点。我们或许可以大胆批评他完全就是不用心，因为他自己的观点是：“雅正之乐微，乃有郑卫之音……风雅颂之后，为骚，为赋，为曲，为引，为行，为谣，为歌。千余年后，乃有倚声制辞，起于唐之季世。则其变愈薄，可胜叹哉！”换句话说，他觉得词的路子越走越窄，没什么搞头了。

但就这样，他也依然给我们留下了“驿外断桥边，寂寞开无主”“当年万里觅封侯，匹马戍梁州”“家住苍烟落照间，丝毫尘事不相关”等经典词句。不得不说，这就是天赋。但从宋词的角度看，这种天赋某种程度上又被浪费了，可惜可叹！

三、伤心桥下春波绿

宋高宗绍兴十四年（公元1144年），二十岁的陆游与唐琬成婚了。

这桩婚事基本上可算是南宋版的“孔雀东南飞”。初时两人很是幸福，可惜也就是两三年的工夫，陆游的母亲就极为厌恶这个儿媳，力主陆游休妻。

有记载说唐琬是陆游母亲唐夫人的侄女，大大强化了这一悲剧中唐夫人的恶婆婆形象。实际上，最早记录唐琬姓氏的《齐东野语》，虽然提到唐琬是唐夫人的侄女，但又说唐琬是唐闳之女，这本就自相矛盾。因为唐闳的籍贯是比较明确的，他与唐夫人家本无亲戚关系[3]，所谓姑侄，只是喜欢戏剧冲突的众多看客以讹传讹而已。

>3. 据考证，唐闳是山阴人唐翊之子，唐夫人则是江陵人唐介之孙女。

关于唐夫人厌恶唐琬的原因，也有几种说法。一个是唐琬无后，影响了陆家传宗接代。这个理由其实不那么充分，陆游还有两个哥哥，他最大的侄子甚至和他年岁相当，唐夫人不太可能因为急着抱孙子而让陆游成婚才两三年就休妻。

但这个说法广为流传，因为陆游在五十九岁的时候曾写过一首《夏夜舟中闻水鸟声甚哀若曰姑恶感而作诗》。所谓“姑恶”，想想“洞房昨夜停红烛，待晓堂前拜舅姑”，就知道什么意思了。诗中有“所冀妾生男，庶几姑弄孙。此志竟蹉跎，薄命来谗言”的句子，但“此志竟蹉跎”可以说是没来得及生养而已，实际上唐琬改嫁之后可能是有生育的，而且如果真扣上了“无后”的帽子，唐琬也很难改嫁出去。因此当时不太可能因为这个原因休妻。之所以陆游都这么说，只是因为从为尊者讳的角度，这个理由最拿得上台面而已，不一定就是事实。

另一个说法是说陆游成婚以后，沉溺于温柔乡，无心学问，唐夫人极为不满。陆游有一首《乌夜啼》的词，描述日常生活的闲适安逸、平安喜乐。虽然这首词不可详解写作年月，但结合陆游有诗写自己婚后曾亲手采摘菊花做枕囊来看，有很大可能也是描述婚后生活：

园馆青林翠樾，衣巾细葛轻纨。
好风吹散霏微雨，沙路喜新干。
小燕双飞水际，流莺百啭林端。
投壶声断弹棋罢，闲展道书看。

听听，成天里投壶、弹棋，没事看看道家的闲书，这还得了！如此不贤之内助，不休更待如何？

但细究下来发现，这个说法也很有问题。据陆游自己回忆，他是将近二十岁的时候才有志于“古学”，也就是经义之学，而且刚开始的时候“无师友渊源之益……大率以意度”，也就是全靠自行领悟。从这么随缘的学习方法来看，唐夫人对陆游平时的学业似乎也没那么看重。毕竟陆游十二岁就有了官身，而且秦桧一直在位，陆宰也未必那么急迫地想让儿子进入官场。因此，这个理由看起来也像是托词。

私下揣测，其实真正的理由可能也不新鲜，大体上就是婆媳之间所谓“娶了媳妇忘了娘”之类的微妙心理。陆游兄弟四人，陆游排行第三，但大哥长他十六岁，此时儿子都老大了，不可能承欢膝下；而幼弟小他约十五岁，很可能不是唐夫人亲生的。唐夫人肯定对陆游这个出生动荡、成长坎坷的幼子尤其看重和溺爱，不然怎么可能由着他快二十岁才开始学习经义？这种情况下，她肯定看不惯小两口琴瑟和鸣、如胶似漆的样子，于是横挑鼻子竖挑眼也就不奇怪了。

面对母亲的坚持，陆游还是抗争了一下：明着休妻，实际上把唐琬安置在外面的一处宅子。小两口时时相聚，很可能还存着努努力，尽快生个孩子，然后再复婚的打算。可惜，陆游的如意算盘很快就被唐夫人发现了，她勃然大怒，不惜以强硬的手段棒打鸳鸯，紧接着又帮陆游安排了一桩婚姻，娶妻王氏。唐琬在无望之下，也很快改嫁给了后来的永嘉郡王赵士程，与陆游就此劳燕分飞。有一首《一丛花》，大体符合陆游这一时期的心境：

　　樽前凝伫漫魂迷，犹恨负幽期。
从来不惯伤春泪，为伊后、滴满罗衣。
那堪更是，吹箫池馆，青子绿阴时。
　　回廊帘影昼参差，偏共睡相宜。
朝云梦断知何处？倩双燕、说与相思。从今判了，十分憔悴，图要个人知。

这首词是以女子的口吻，写对负心郎的幽怨和思念。毕竟，这场婚变中，陆游被称为“负心”是不冤枉的。不过，在以“孝”立国的宋朝，奉母命抛弃妻子也是无可奈何的事。

既然两人都分别重组了家庭，那么时间自然会慢慢抹平一些东西。王氏第二年就为陆游生下了一个儿子。看起来生活也就这样了，但是一场偶然的重逢，给本就命苦的两人造成了更大的痛苦。

离异后过了几年，在某个春日，唐琬和赵士程来到沈园踏青，结果与陆游不期而遇。与时下流行的烂俗电视剧不同，没有上演让人尴尬的剧情，赵士程还专门送来了瓜果酒菜，款待陆游。

按道理来说，丈夫是宗室子弟，大度体贴，家资豪富，唐琬应该过得很幸福。同样按道理来说，未能忘情的陆游看到曾经的爱人过得很好，应该很欣慰。但世间情事哪有那么多道理可讲？陆游就是觉得难受，回忆起往昔的甜蜜时光，更是心如刀绞，于是趁着酒劲在沈园的墙上题了一首《钗头凤》：

> 红酥手，黄縢酒，满城春色宫墙柳。东风恶，欢情薄，一怀愁绪，几年离索，错、错、错。
>
> 春如旧，人空瘦，泪痕红浥鲛绡透。桃花落，闲池阁，山盟虽在，锦书难托。莫、莫、莫。

不久之后，这首词就传到了唐琬那里。所谓“泪痕红浥鲛绡透”，不管之前有没有这样，但读了这首词则必然无疑了。于是唐琬和了一首《钗头凤》：

> 世情薄，人情恶，雨送黄昏花易落。晓风干，泪痕残，欲笺心事，独语斜阑，难、难、难。

人成各，今非昨，病魂常似秋千索。角声寒，夜阑珊，怕人寻问，咽泪妆欢，瞒、瞒、瞒。

不过这首和词有点问题。最早记载这则故事的宋人陈鹄，在《耆旧续闻》中说确实有过一首和词，但只记录了“世情薄，人情恶”的开篇，然后说“惜不得其全阕”。由于陈鹄亲眼见过沈园题词，又是最早记录这则故事的人，他的说法应该是可信的。而全词最早收录在清代的词集中，没有道理当时无人见到全词，反倒隔了几百年才出现，又没有明确信息来源，所以说很可能是清代文士补写的。

细细揣摩词意，所谓的“怕人寻问，咽泪妆欢，瞒、瞒、瞒”，也不太符合唐琬的真实情景。赵士程是很清楚这一段情缘的，沈园重见他也是全程参与的，但他并未介怀。就是后来唐琬看到陆游的词而黯然神伤，她也实在不用装和瞒。反倒是在“饿死事小，失节事大”之言盛行的明清时代，唐琬的这种表现是不符合礼教观念的，才需要“瞒”。

不管唐琬的和词到底如何，光从开篇六个字就能看出很多东西了。陆游毕竟不能言母之过，还托词说“东风恶”。唐琬就直接说了不关东风的事，恶的是世情和人心。

让人扼腕的是，沈园重会之后没多久，唐琬就郁郁而终了。这成了陆游毕生的痛，不知道他有没有后悔去题那一首《钗头凤》。

从此之后，他至死都在怀念伊人。唐琬成为陆游整个人生中除了中原之外，最不能承受之重。

五十九岁，听到水鸟哀鸣，他写："君听姑恶声，无乃遣妇魂。"

六十三岁，看到菊花枕，他写："唤回四十三年梦，灯暗无人说断肠。"

六十八岁，重游沈园，他写："坏壁醉题尘漠漠，断云幽梦事茫茫。"

七十五岁，又到沈园，他写："伤心桥下春波绿，曾是惊鸿照影来。"

八十一岁，梦到沈园，他写："玉骨久成泉下土，墨痕犹锁壁间尘。"

八十二岁，想到伊人，他写："城南亭榭锁闲坊，孤鹤归飞只自伤。"

八十三岁，来到城南，他写："故人零落今何在，空吊颓垣墨数行。"

直到八十四岁，自感时日无多的陆游最后一次来到沈园，还在慨叹："也信美人终作土，不堪幽梦太匆匆。"

四、老惯人间齐得丧

绍兴二十八年（公元1158年），三十四岁的陆游终于出仕了。他被任命为福建宁德县主簿。

按理说，作为双重的官宦子弟，又少有才名，不应该耽搁至此。这里就不得不提秦桧。

原来绍兴二十三年（公元1153年），陆游参加了一次锁厅试。所谓“锁厅试”，就是“锁闭官厅，停职考试”的意思，是专门针对已经有了官身，但没有进士出身的人举办的考试，相当于一种专门的解试，用来选拔其中优秀的人参加礼部省试和殿试。

结果和陆游同场竞技的，有一位右文殿修撰，名叫秦埙，据说已被内定为第一名。本来宋代的科举制度是很严格的，试卷都要糊名和重新誊写，理论上排定了名次才一一对照原卷写榜文。但只要制度还是由人来操作，就有空间可利用，只看你的背景够不够大。秦埙的背景极大，爷爷正是秦桧。在皇室子弟不能参加科举的情况下，时封国公、二次拜相十余年的秦桧，基本就是最大的靠山。就算秦埙的父亲只是秦桧的继子，但秦埙毕竟也是宗法所承认的秦桧嫡孙，因此朝野上下早就视他为状元了。

没想到还真有不怕死的。时任锁厅试主考官的陈之茂取了陆游为第一，秦埙为第二，引得秦桧大怒。当时朝野关于主战主和的争论极为尖锐，正是秦桧大肆排除异己的时候，他将此事视为对自己宰相权威的挑战，一度要问罪陈之茂。只是陈之茂完全按文章高下来取名次，秦桧一时找不到好的理由，又刚好没过两年就一命呜呼，方才使陈之茂逃过一劫。

第二年礼部试，可能是糊名法多少起到些作用，陆游又名列前茅。这下子秦桧连陆游也恨上了，直接动用自己宰相的职权，以妄议恢复的罪名将陆游黜落。

多说一句，秦埙以锁厅试第二、礼部试第一的身份参加了殿试，不过宋高宗最后只给了他一个第三，把头名状元给了“孤光自照，肝胆皆冰雪”的张孝祥。可张孝祥也不是省油的灯，中了状元没多久就公开上书为岳飞鸣冤，反手给了高宗一记耳光。秦埙最后以礼部尚书致仕，富贵而终，不过他的儿子倒是后来在抗金的时候壮烈战死，与曾祖秦桧形成了鲜明对比。

经过这些纷纷扰扰，陆游的仕途暂时中断，直到秦桧去世两三年后，他方才正式得到任命，成为福州宁德县的主簿。虽然只是蛮荒之地的一个小文官，但陆游却将其视作实现自己恢复中原志向的起点。不久之后，陆游就被升为福州决曹，意气风发的他与同僚好友朱景参登高远望，填了一首《青玉案》：

> 西风挟雨声翻浪，恰洗尽、黄茅瘴。老惯人间齐得丧。千岩高卧，五湖归棹，替却凌烟像。

故人小驻平戎帐，白羽腰间气何壮。我老渔樵君将相。小槽红酒，晚香丹荔，记取蛮江上。

虽然陆游祝福好友出兵平戎、封侯拜相，说自己终老渔樵就知足了，但怎么看都像是自谦。即使如范蠡般归隐五湖，也要先有复仇灭国的成功，从这个角度看，他对好友的祝福未尝不是对自己的期许。

可惜世事难料。朱景参十多年后就去世了，而陆游则有志难伸、终老渔樵，真可谓一语成谶。

陆游入仕后一开始还是比较顺利的，从县主簿、州决曹，很快就被调入京城，任敕令所删定官，做的工作相当于今天“两办”的公文核稿，不久又任大理寺司直兼宗正簿，已经可以接触朝政核心。当初科举不顺的那点不快很快就被抛到了脑后，陆游开始频频上书言事。

时任少师的恭国公杨存中掌管禁军逾二十年，权势日盛。陆游上书谏言杨存中应当去职。高宗采纳了。

对于宗室之外滥封王爵的现象，陆游则建议朝廷名器不能轻贱。考虑到秦桧致仕时加封为建康郡王，死后更追封申王，这还多少有点拿秦桧说事。

有人拿来北方珍宝进献，陆游又奏请高宗不要沉迷古玩文物，以免给身边人上下其手、残民害民的机会。

高宗也应允了。

大受鼓舞的陆游在得到高宗召见的时候，甚至“泪溅龙床”，自请从军北伐。

绍兴三十一年（公元1161年），虞允文在采石矶（今安徽马鞍山）大败金兵，金主完颜亮也因为内讧被杀。金兵败退，朝野士气大振，力主恢复中原的有志之士无不欢欣鼓舞。陆游虽然始终没能奔赴前线，但心头也是激动不已。

适逢高宗禅位，继位的孝宗本是太祖之后[4]，是赵构的继子。孝宗起初还想有一番作为，再加上要增强自己“天命所归”的形象，所以刚登基就匆匆忙忙捣鼓北伐。这下陆游体内的澎湃热血完全压制不住了：他上书建议先固守江淮，分兵袭取山东，逐渐收复北方领土；还写信建议北伐主帅张浚长远打算，徐徐图之。

>4. 自宋太祖之弟宋太宗即位后，宋朝帝位一直由太宗后裔继承，至此才回归太祖一脉。

由此也可见，陆游虽然矢志恢复，但并不是一味大言的莽夫，而是有自己的思考和战略主张的。从后来的战事发展来看，陆游的建议可谓中肯，可惜人微言轻，根本无人理会。等到张浚在符离大败，孝宗马上缩了回去，又开始割地、赔款、求和……

主战的大臣纷纷被贬，陆游自然也难逃一劫。孝宗本来很赏识陆游的才华，甚至破格赐他进士出身，可陆游直言指责受宠的佞臣，不幸触犯了孝宗的逆鳞。到符离之败时，陆游已被打发出京城，先是任职镇江府通判，不久又改判隆兴府（今江西南昌）。即使这样，身上主战标签实在过于醒目的陆游还是遭到了清算，被人以交接谏官、鼓动出兵的罪名弹劾免官，不得不从隆兴任上回到山阴闲居。

已经四十二岁的陆游，蹉跎半生，须发斑白，只得了个这样的结果。他感慨万千，颇有心灰意冷之处，填了一首《大圣乐》：

电转雷惊，自叹浮生，四十二年。试思量往事，虚无似梦，悲欢万状，合散如烟。苦海无边，爱河无底，流浪看成百漏船。何人解，问无常火里，铁打身坚。

须臾便是华颠，好收拾形骸归自然。又何须着意，求田问舍，生须宦达，死要名传。寿夭穷通，是非荣辱，此事由来都在天。从今去，任东西南北，作个飞仙。

五、此身合是诗人未

嘴里说着“作个飞仙”，实际上在闲居的几年里，陆游一直都在期盼着“山重水复疑无路，柳暗花明又一村”。不久之后，机会来了。

宋孝宗乾道五年（公元1169年）冬，已闲居了将近四年的陆游被起复为夔州通判。此时正值取得采石矶大捷的虞允文被任命为宰相，主战的参知政事王炎被任命为四川宣抚使，谋划沿着汉中北伐。陆游前往夔州（今重庆奉节）为官，携家带口走了将近半年，还写了一本《入蜀记》。

在路过镇江时，陆游给准备出使金国更定不平等条约的范成大送行。之后范成大行至汴京，看到的是中原父老“忍泪失声询使者，几时真有六军来”的心碎景象，不知陆游听闻会作何感想。

这一路上，陆游也看到了很多，同时想了很多，对自己以前一些不切实际的想法有所反省，但也更坚定了北复中原的志向。

到乾道八年（公元1172年），四川宣抚使王炎征辟陆游为幕僚，陆游孤身一人前往南郑（今陕西汉中）的抗金前线。能亲身参与北伐事业是陆游一直以来梦寐以求的，这是他等了半辈子最好的机会，也为他带来了人生中最快意的一段时光。

南郑历来是兵家必争之地，三国刘备占据蜀中，必须取汉中方得心安；诸葛亮北伐，也必须以汉中为前出基地。陆游到南郑之后，探访了韩信拜将坛、诸葛武侯祠，追古抚今，深感机会难得。既然长淮金鼓无望，何不从汉中取关中，奠定战略优势呢？他在诗中就说：

国家四纪失中原，师出江淮未易吞。
会看金鼓从天下，却用关中作本根。

陆游在王炎麾下，参谋机务，积极建言献策，同时拒绝做闭门造车的书呆子，亲自策马遍访前线人情地理，详细比对敌我态势。通过对定军山、大散关、仙人原等战略要地的巡视，他提出了“经略中原必自长安始，取长安必自陇右始。当积粟练兵，有衅则攻，无则守”的可行战略；通过考察同僚的为人处世，他对前线统兵将领的任用提出了意见……

南郑的每一天都过得无比充实。初秋的一天，陆游登上南郑西北的高兴亭，北望长安，顿生豪气，填了一首《秋波媚》：

秋到边城角声哀，烽火照高台。
悲歌击筑，凭高酹酒，此兴悠哉。
多情谁似南山月，特地暮云开。
灞桥烟柳，曲江池馆，应待人来。

至于曲江灞桥所待何人，自不必多言。

可惜，如此大的雄心壮志，多是一厢情愿。尤其在色厉内荏的宋孝宗看来，恢复中原简直是个笑话。由于王炎等人在四川鼓动的声势越来越大，朝中主和势力生怕他们挑起战争，破坏来之不易的“大好”和平局面。很快，王炎就被召回临安，宣抚司幕府也被解散，陆游前后只在幕府呆了不到一年。

幕府解散后，陆游被任命为成都府安抚司参议官。前往成都的途中，陆游路过剑门关，只可惜是从北往南走。身心俱疲的他留下了千古名作《剑门道中遇微雨》：

衣上征尘杂酒痕，远游无处不消魂。
此身合是诗人未？细雨骑驴入剑门。

他的本心真的是做个骑驴行吟的诗人吗？

到达成都是岁末年初。看到花灯如昼、游人如织，他全然开心不起来，心心念念的还是金戈铁马的岁月。看看这首《汉宫春》：

羽箭雕弓，忆呼鹰古垒，截虎平川。吹笳暮归野帐，雪压青毡。淋漓醉墨，看龙蛇、飞落蛮笺。人误许、诗情将略，一时才气超然。

何事又作南来，看重阳药市，元夕灯山。花时万人乐处，敧帽垂鞭。闻歌感旧，尚时时、流涕尊前。君记取、封侯事在，功名不信由天。

此时仍坚信"我命由我不由天"的陆游不知道，终其一生，他再也没有上前线的机会了。

在蜀中，陆游就在蜀州、嘉州、荣州等地之间兜兜转转。如果说刚开始的时候还是满怀期望，能喊出"楚虽三户能亡秦，岂有堂堂中国空无人"的豪言，那在亲眼见识了所谓天下太平的"乾淳之治"后，忧心如焚的陆游则越来越失望，越来越愤怒，只能低吟"刘琨晚抱闻鸡恨，安得英雄共著鞭"了。

宋孝宗淳熙二年（公元1175年），陆游的故交范成大被任命为四川制置使，陆游也来到了制置使司做参议官。两人年纪相当，同时参加了绍兴二十四年（公元1154年）的礼部试，陆游被秦桧点名黜落，范成大则高中进士，勉强算是同年，后来在敕令所还是同僚。最关键的是，两人都以恢复中原为人生追求，因此交情日笃。

与陆游不同的是，范成大的性格没有那么刚烈，有所追求的同时处世更为圆融，这也是仕途起点差不多的两人，后来的际遇差距那么大的原因。陆游一直浮浮沉沉，范成大却能一直升到参知政事的高位。

在成都时，范成大每次饮宴，总会邀请陆游。两人诗酒唱和，作品往往广为流传。诗词传到朝堂之上，其中时时流露的志向又刺激了主和官员脆弱的神经。不到一年，就有人弹劾陆游"燕饮颓放"。范成大无奈之下，只好将陆游免职。陆游干脆自号"放翁"，回应那些指责他狂放的声音。

淳熙五年（公元1178年），陆游被召回临安。蜀中八年的起起伏伏，成为他挥之不去的记忆，就连他的诗集都取名为《剑南诗稿》，以纪念那些希望和失望。

对自己的仕途前景，陆游其实并不看好，毕竟在歌舞升平的西湖边，倔强北望的他显得那么不合时宜。快到临安的时候，他填了一首《蝶恋花》：

桐叶晨飘蛩夜语。旅思秋光，黯黯长安路。忽记横戈盘马处。散关清渭应如故。

江海轻舟今已具。一卷兵书，叹息无人付。早信此生终不遇。当年悔草长杨赋。

魂牵梦萦的渭水和大散关依然如故，我江海寄余生的小舟已经准备好了，可还是不甘心啊，呕心沥血的平戎策略该托付给谁？早知如此际遇，当初何必谏言北伐呢。

六、关河梦断何处

诗名日盛的陆游，在力主北伐的士人中间声望也越来越高，某种程度上已经成为北伐无望的读书人的一面旗帜和精神寄托。这也注定了他的仕途不会顺利。

果不其然，在江西常平提举任上，当地发生了大水灾，陆游兢兢业业赈济灾民，力主开仓放粮，结果被人弹劾。弹劾他的人大有来头，是后来的宰相赵汝愚，日后“昭勋阁二十四功臣”之一。对于这次弹劾，陆游很生气，直接辞职回家了。

但当时赵汝愚到底以什么罪名弹劾陆游，说法不一。

最胡扯的理由，是一桩桃色新闻。元初诗人方回在给陆游的诗集作跋时，讲述了一件自己听说的八卦：陆游在成都有一位相好的官妓，离开成都的时候为掩人耳目，让其剃度为尼后将其带回了临安。赵汝愚后来做过一任四川制置使兼成都知府，得知了此事，于是弹劾陆游。

而实际上，赵汝愚弹劾陆游是淳熙七年（公元1180年）的事，当时距陆游离开四川已经两年多了。首先不说这种捕风捉影之事真假难辨，只说一位谏官领袖，拿这种过了时效的作风问题弹劾地方官员，有点不现实吧？最重要的是，弹劾陆游时，赵汝愚任给事中，而赵汝愚到四川任职是五年多后的事，时间完全对不上。看来喜欢八卦不光是现代人的专利。

另一种说法来自南宋理学家吕祖谦在写给朋友的信里为陆游鸣冤的话："陆务观疏放，封驳岂为过当？"也就是说赵汝愚是以"疏放"的名义，封驳了陆游赈灾的建议。

貌似有点道理，但笔者考证一番之后发现，事实可能更为复杂。从当时的事情经过来看，陆游建议开仓赈灾，包括动用常平仓，都是在自己职责范围以内最适当的救灾举措。如果一句"疏放"就给否了，是不是太儿戏了？实际上，表面上看起来正确的举措，很可能捅了一个大马蜂窝。

常平仓作为平抑粮价的国家储备，是宋代的一项重要制度设计。但巧的是，在十几年前的乾道年间，南宋朝廷组织过一次常平仓的核查，结果发现各地仓储的窟窿触目惊心。一州之地，核实上报的储粮数量可能只有账面数字的七成，部分州府经过上级复查，实际储备竟然只有账面的一成。常平仓制度整个已经名存实亡。至于少的粮食哪去了，有多少人拿了好处，只能说细思极恐。

这种情况下，陆游提议开仓，怎么得了？按理说，陆游不可能不知道真实情况，但他想的多半是洪水无情，灾民嗷嗷待救，不管仓里亏空有多大，剩下的粮食在特殊时期也可以管大用啊。

谁知道竟然是这么个结果，陆游当然生气。气急加失望，他就辞职回家了。

不然的话，如果光是“疏放”的罪名，以他自号“放翁”的气度，不至于那么生气，只能说是彻底寒了心吧。

此后，陆游大半时间都在浙东山水之间闲居。间或出仕为官，结果都不太好，总是在失望、希望、更大的失望之间轮回。

淳熙十六年（公元1189年），宋光宗登基。陆游快寒透了的心又开始热起来。当时已回到临安做官的他积极上书要求减税爱民、抑制豪强，还想着加强战备、恢复中原。“当年悔草长杨赋”的心情，早就忘记了。

可惜，陆游很快就因“嘲咏风月”的罪名被免职了。然后就是绍熙内禅、宁宗登基、庆元党禁、韩赵党争……朝堂之上乌烟瘴气。至于中原，那是哪里？至于遗民，六十多年间，怕是早就死光了吧。

徜徉于家乡的青山绿水之间，笑傲渔樵，垂钓风月，难道不快活吗？前些年写下的几首词作，到此时依然可以反映陆游的心境。

看这首《鹊桥仙》：

> 一竿风月，一蓑烟雨，家在钓台西住。卖鱼生怕近城门，况肯到、红尘深处。
>
> 潮生理棹，潮平系缆，潮落浩歌归去。时人错把比严光，我自是、无名渔父。

既是无名渔父，何必生怕近城门？是怕故人相识，还是眼不见心不烦？

再看这首《鹧鸪天》：

> 家住苍烟落照间，丝毫尘事不相关。斟残玉瀣行穿竹，卷罢黄庭卧看山。
>
> 贪啸傲，任衰残，不妨随处一开颜。元知造物心肠别，老却英雄似等闲。

说着丝毫尘事不相关，又为什么去责怪造物主老却英雄呢？

这种矛盾的心情，在他六十八岁那年的一场狂风暴雨中体现得最为明显。天昏地暗、风雨大作之日，他清醒的时候还在说“溪柴火软蛮毡暖，我与狸奴不出门”；可等到躺下了，心心念念的还是“夜阑卧听风吹雨，铁马冰河入梦来”。

为了这个萦绕了一生的志向，他不在乎官位，不在乎富贵，甚至个人好恶都可以放在一边。

在庆元党禁中，拥立宁宗登基的韩侂胄曾经指使手下，污蔑赵汝愚及其同党阴谋保扶光宗复辟，将赵汝愚贬斥。按一般庸俗的看法“敌人的敌人就是朋友”，当初无缘无故弹劾自己的赵汝愚落得这个下场，陆游应该是开心的，对韩侂胄应该是亲近的。但陆游却认为党争误国：

> 荣河温洛帝王州，七十年来禾黍秋。
> 大事竟为朋党误，遗民空叹岁时遒。

等到韩侂胄有心北伐的时候，他又欢欣鼓舞，甚至不顾士林之间的评价，应韩侂胄的要求为其园林作记，乃至后世有陆游“晚节不保”之讥，说陆游是为了复出做官。天可怜见，就算是作记，他也是赞扬韩侂胄先祖——北宋名相韩琦的功业，甚至殷殷期盼韩侂胄继承祖志，恢复中原。况且其时陆游已年近八十，行将致仕，谈何官位？

就算山水再美，渔樵再逍遥，每当有机会北望中原时，陆游也总是第一个响应。晚年在家乡结识了复起为浙东安抚使的辛弃疾时，陆游对辛弃疾为他修葺宅院的好意毫不在意，反反复复说的都是“天山挂旆或少须，先挽银河洗嵩华”。

凡此种种，无非逐渐绝望中抓住一点希望而已。

麦克阿瑟曾经说“老兵不死，只是慢慢凋零”。陆游虽然真正只在抗金前线呆了八个月，但他从始至终都是一名老兵，闲适也好、落魄也罢，从未改变初心。看看这首《诉衷情》：

当年万里觅封侯，匹马戍梁州。
关河梦断何处？尘暗旧貂裘。
胡未灭，鬓先秋，泪空流。此
生谁料，心在天山，身老沧洲。

七、尾声

宋宁宗开禧三年（公元 1207 年）十一月三日，北伐失利、内外交困的韩侂胄被史弥远勾结禁军乱棍打死，首级后来更是被割下送到了金国求和。

本来，陆游在古往今来那么多诗词名家中能如此高寿，依靠的就是心头的那口气。但开禧北伐失败后，已经八十三岁的陆游彻底绝望了，凭吊沈园遗迹之举更像是与此生作别。

嘉定二年（公元 1210 年）十二月二十九日，八十五岁的陆游在“但悲不见九州同”的不甘中与世长辞。

一辈子酷爱梅花，甚至许愿“何方可化身千亿，一树梅花一放翁”的陆游，如同性本高洁的寒梅，不合时宜地绽放，孤独地凋零。这首《卜算子》更像是一种自我的预言：

驿外断桥边，寂寞开无主。已是黄昏独自愁，更著风和雨。

无意苦争春，一任群芳妒。零落成泥碾作尘，只有香如故。

六十九年后，陆秀夫背着小皇帝在崖山跳海，南宋灭亡。万里江山，混同如一，可惜却再不是放翁心底那个煌煌神州了。宋末元初诗人林景熙读罢陆游的诗集，泣血哀告：

青山一发愁蒙蒙，干戈况满天南东。
来孙却见九州同，家祭如何告乃翁。

辛弃疾·第　七

惊不破西湖歌舞的凛凛朔风

宋高宗绍兴三十一年（公元1161年），济南郊外。

月夜之下，一位穿僧袍的光头和尚打马飞奔，不时往后张望，神色仓皇。身后一骑疾驰而至，快要追上时，后骑之人一声断喝，和尚惊慌之下竟然落马。

惊魂未定的和尚狼狈地打了个滚，避开了后骑的马蹄，却只见马上的骑士勒马转身，拔剑在手。和尚恍惚之间仿佛看到一头凶猛威武的青兕[1]，眼似铜铃，肩背如山，即将裂地而来。和尚肝胆俱裂，连连叩首："原来阁下的真身乃是神兽青兕，力能杀人，求求你别杀我！"

>1. 古代兽名。状如牛，一角，重千斤，能敌猛虎。
——原注

骑士一言不发，手起剑落，斩下和尚的首级，取了和尚包袱中的一枚金印，打马而去。不多时，来到一座军营，骑士下马扬声道："烦请通禀耿大帅，辛弃疾幸不辱命，三日内斩杀了窃取帅印的叛贼义端和尚，取回帅印，特来复命！"

这一年，作为金国治下汉民起义军首领耿京的掌书记，辛弃疾刚刚二十二岁。

一、马作的卢飞快

绍兴十年（公元1140年），辛弃疾出生于济南历城，此时距北宋灭亡的宋钦宗靖康二年（公元1127年）已过去了十多年，济南也早归金国统治。也就是在这一年，刚刚取得朱仙镇大捷的岳飞，被十二道金牌召回临安。岳飞愤惋泣下：“十年之力，废于一旦！”不久之后岳飞遇害，西湖依旧歌舞升平。

但在辽阔的北方大地，有的是慷慨悲歌的热血男儿和虎穴蛰伏的别样英雄，辛弃疾的祖父辛赞就是典型代表。宋室南渡时，受家族牵绊无法南渡的辛赞，始终以恢复河山为念。从他给孙子取的名就能窥见一二，“弃疾”与“去病”有异曲同工之妙，既是对孙儿安康的祝愿，更是对冠军侯[2]雄风的向往。后来辛弃疾主动将自己的字从“坦夫”改为“幼安”，更是加强了这一寓意，代表了一种传承和决心。

>2. 西汉名将霍去病因军功获封的爵位。

在金国治下，辛赞为保全家族，也为了尽量护佑百姓，迫不得已出仕为官，历任宿、亳、沂、海等地守官，最后做到金国的开封知府。幼年丧父的辛弃疾，自小就跟随祖父生活，在任官之地流转。祖父经常带着他登高望远，指点河山，既沉痛于亡国之恨，又孜孜于筹谋恢复。

辛弃疾十几岁的时候，在祖父的支持下，两次以科举为名，北上燕京（今北京），沿途探听侦察地理形势、守备态势、兵力多寡，甚至包括守将的能力爱好。祖孙俩详尽地描绘了从开封进兵收复燕云的路线。可想而知，辛弃疾渡江南归后反复呼吁北伐，是多么地顺理成章，毕竟，那是祖孙两辈的家国情怀和梦想。

可笑的是，《宋史》在辛弃疾本传中，对辛弃疾的南归是这么解释的：辛弃疾曾经与党怀英一同在蔡伯坚门下求学，感情甚笃。后来两人占卜前程，党怀英得到“坎”卦，寓意险阻重重，于是决定留在金国出仕，一度成为金国的文坛领袖；而辛弃疾得到“离”卦，寓意坚守正道，于是决定南归。这种解释太儿戏了，也把辛弃疾看得太轻，甚至近似侮辱。不过考虑到《宋史》是由元朝的蒙古人脱脱主持编撰的，也就可以理解了，毕竟站在他的立场，实在无法宣扬汉人辛弃疾的志向和抱负。

可惜，忍辱负重的辛赞还未等到起义的时机，就因病去世了。好在辛弃疾继承了祖父的遗志，他妥善安置家族，又广为联络豪杰，储备兵甲，静待时机。

绍兴三十一年（公元1161年），机会终于来了。传说金主完颜亮读了柳永的《望海潮》后，无限向往杭州的“烟柳画桥，风帘翠幕”和“三秋桂子，十里荷花”，立志“提兵百万西湖上，立马吴山第一峰”。完颜亮在这一年的九月大举南侵，史载“众六十万，号百万，毡帐相望，钲鼓之声不绝……远近大震”。

北地豪杰趁金国守备空虚的机会，高举义旗，形成浩大的声势。辛弃疾聚众两千余人，也正式起义。

一开始就志不在争权夺利的辛弃疾，深知反抗的力量一定要团结起来，因此他带兵主动投靠了江北最大一股义军的首领耿京，还一路游说其他小股义军聚兵一处。和尚义端作为另外一千余人的起义首领，也在辛弃疾的劝说下一并投靠了耿京。

辛弃疾被耿京任命为掌书记。正当他积极谋划，劝说耿京联络南宋寻求支持，力争更大作为的时候，义端和尚受不了义军的清苦和束缚，竟然盗窃了耿京的帅印，意图投降金国。耿京大怒，要处死引荐义端的辛弃疾。辛弃疾没有一言辩解，只是立下军令状，三日内必诛杀叛徒、取回帅印。这才有了本章开篇月下追击、青兕下凡的一幕。

正是这股冲天豪气，方才成就了“词中之龙”。以《破阵子》为例，这一词牌本源自唐代的《秦王破阵乐》，是一等一的金戈铁马之声。可惜，在辛弃疾之前，这一词牌下尽是晏殊的“燕子欲归时节，高楼昨夜西风”，晏几道的“柳下笙歌庭院，花间姊妹秋千”，以及李煜的“一旦归为臣虏，沈腰潘鬓消磨”，意境完全被带偏了。直到这一词牌到了长剑在手、跨马驰奔的辛弃疾手中，方才又有了雄壮之声：

醉里挑灯看剑，梦回吹角连营。
八百里分麾下炙，五十弦翻塞外声。
沙场秋点兵。
马作的卢飞快，弓如霹雳弦惊。
了却君王天下事，赢得生前身后名。
可怜白发生！

经此事，辛弃疾在义军中的威望一时无两，耿京也为之叹服。适逢金军在采石矶大败，完颜亮也被手下思归的将领杀死，金国内乱不止。耿京趁这个难得的时机，采纳了辛弃疾的建议，委派其联络南宋朝廷。

绍兴三十二年（公元1162年）正月，辛弃疾来到建康（今江苏南京），觐见了来此犒劳军士的宋高宗赵构。高宗正式承认了耿京的地位，任命其为天平军节度使，任辛弃疾为掌书记，将义军纳入官军序列。

谁知道，辛弃疾北归途中，惊闻义军将领张安国杀害了耿京，并胁裹一批义军投降了金国。辛弃疾怒发冲冠，在海州（今江苏连云港）集结了来报信以及不愿意降金的五十余名将士，趁夜长驱直入军营。适逢张安国正和金国将领饮酒作乐，防备不及，被辛弃疾生擒活捉！

惊惶无定的部队一哄而散，辛弃疾以个人威望，又收拢了数千人，长驱渡江，回归南宋，其雄武果敢震惊朝野。后来辛弃疾的朋友回忆，其“壮声英概，儒士为之兴起，圣天子一见三叹息”。

虽说这一战绩有金国内乱、士气低落，以及辛弃疾威望太高、新降军士消极避战等因素，但辛弃疾的表现仍足以光耀史册，与班超携三十六人深入虎穴相比也不遑多让。壮哉！

这也成为辛弃疾一辈子最闪亮的时刻。直到晚年，自号“稼轩”、闲居务农的辛弃疾追昔抚今，仍胸怀激荡，填了一首《鹧鸪天》：

> 壮岁旌旗拥万夫，锦襜突骑渡江初。燕兵夜娖银胡𩨨，汉箭朝飞金仆姑。
>
> 追往事，叹今吾，春风不染白髭须。却将万字平戎策，换得东家种树书。

二、把吴钩看了，栏杆拍遍

绍兴三十二年（公元1162年），领军数千绑缚叛徒张安国归来的辛弃疾，被任命为江阴签判，基本上算是领了一个闲职。同时，随他渡江而来的人马，也被解了军职，视同流民打散安置。朝廷的提防之意昭然若揭。

有宋一代，皇帝和文官集团对武将的防备是刻到骨子里的本能，但辛弃疾参加过金国的科举，文才谋略无双，不能算单纯的武将。之所以受到如此待遇，可能原因有二：

一方面是他本身的身份问题。辛弃疾这种从北方回归的人，在宋朝有个特别的称呼——“归正人”。虽然大义上无可指责，但由于从唐末开始，北方大部分时间都是由敌国控制的“沦陷区”，几百年下来，民族牵绊还剩多少委实不好说，再加上宋朝一贯的不自信和怯懦，“归正人”往往不甚受到信任。更重要的是，在北宋末年，所谓联金灭辽的闹剧中，联络金国促成“海上之盟”[3]的马植、降而复叛的郭药师，都是“归正人”。靖康之变后，又有岳飞联络河朔群豪倚为臂助，结果岳飞含冤而死，北方豪杰和南宋朝廷更是相看两厌，“归正人”就越发不受待见了。

>3. 宋金双方地理上受辽阻隔，需要海上经渤海往来，故有此称。

另一方面，笔者私下揣测，可能还和辛弃疾的家室有关。辛弃疾的夫人范氏是范邦彦之女。范邦彦曾经是金国的县令，在完颜亮南侵中举城归宋，阖族南渡，是“归正人”中比较有威望的，而辛弃疾又是带兵归来，这一文一武的结合，难免触碰一些小肚鸡肠之人的敏感神经。

不过辛弃疾娶妻范氏应该是在南归以后的事。根据辛弃疾有一支后裔留存的《菱湖辛氏族谱》记载，辛弃疾在北方曾有一位原配夫人赵氏，且生下了两个儿子，赵氏夫人去世后他才续娶范氏夫人。他的岳父赵修之很可能是宗室，而且是太祖和太宗的弟弟魏王赵廷美那一系。

在中国古代历史的最大谜案之一“烛影斧声”中，宋太祖赵匡胤蹊跷驾崩后，皇位居然越过二十六岁的儿子赵德昭，传给了弟弟赵光义，是为宋太宗。为了增强自己继位的合法性，赵光义还搬出太后，说赵匡胤曾在太后的见证下立了“金匮之盟”，也就是为避免当初周世宗柴荣驾崩后主少国疑的局面，皇位应该兄终弟及。在盟约原文从未现世的情况下，一个说法广为流传，即皇位应该按赵匡胤、赵光义、赵廷美、赵德昭的顺序继承。

这就有意思了。辛弃疾归宋那一年正是宋高宗禅位给宋孝宗的时候，由于高宗无后，孝宗其实是过继的皇子，而且恰好是太祖的后裔。反正需要选宗室子弟继位，太祖后裔可以，那么魏王后裔可不可以呢？毕竟“金匮之盟”中魏王也是应当继承皇位的。这个关键时刻，魏王后裔居然有一个允文允武、勇武果敢、威望过人的女婿，可实在算不上什么好事。

于是，辛弃疾被投闲置散看起来就不可避免了。可一方面，辛弃疾对南宋的政治生态还不太熟悉；另一方面，刚刚继位的宋孝宗又大张旗鼓地为岳飞平反，提拔主战派积极北伐，其锐意进取的形象极大地鼓舞了辛弃疾的斗志。他不以个人仕途得失为意，结合自己对金国的了解，献上了《美芹十论》，从敌我态势、练兵、守备、用兵等方面详细陈述了自己的观点。

与宋朝士大夫一贯好为的大言空言不同，辛弃疾的论述无一不是精辟之言，比如：努力掌握战与和的主动，且要立场坚定；失败是暂时的；金国统治者内部矛盾尖锐；被欺压的汉人是一股不可小觑的力量；守江必守淮；停止缴纳岁币；迁都金陵。以事后眼光来看，这些观点都极有道理，如果能采纳和实施，有极大可能改变宋金之间的战略态势。

奈何踌躇满志的孝宗皇帝，在符离的惨败中遭受了当头一棒，然后又进入了熟悉的节奏，畏敌如虎，签订了“隆兴和议”。原本的“绍兴和议”，除了害死岳飞，议定的是宋向金称臣；等到“隆兴和议”，居然变成了宋为侄、金为叔，差点就能媲美石敬瑭的儿皇帝。朝政也全面倒向了主和一派，辛弃疾的满腔热血和真知灼见都被空掷。

归宋之后的七八年间，辛弃疾就在江阴签判、建康府通判等职务之间迁转，既不受重视，也无甚实权，完全无处安放自己北伐抗金的理想。要知道，二十到三十岁，可是大好男儿最黄金的十年啊，辛弃疾的苦闷可想而知。更何况，平日里官场中多是些怯懦偏安之辈，知音难觅，愁思更是不可抑制，辛弃疾只好常常登高眺望北方大好河山，寄托情怀。

在建康赏心亭，诞生了两首气壮山河的好词。一是《水龙吟·登建康赏心亭》：

楚天千里清秋，水随天去秋无际。遥岑远目，献愁供恨，玉簪螺髻。落日楼头，断鸿声里，江南游子。把吴钩看了，栏干拍遍，无人会，登临意。

休说鲈鱼堪脍，尽西风、季鹰归未？求田问舍，怕应羞见，刘郎才气。可惜流年，忧愁风雨，树犹如此！倩何人唤取，红巾翠袖，揾英雄泪？

二是《念奴娇·登建康赏心亭呈史留守致道》。顾名思义，这首词是送给时任建康行宫留守的史正志——辛弃疾的知己和有志于恢复的同道中人：

我来吊古，上危楼、赢得闲愁千斛。虎踞龙蟠何处是，只有兴亡满目。柳外斜阳，水边归鸟，陇上吹乔木。片帆西去，一声谁喷霜竹？

却忆安石风流，东山岁晚，泪落哀筝曲。儿辈功名都付与，长日惟消棋局。宝镜难寻，碧云将暮，谁劝杯中绿？江头风怒，朝来波浪翻屋。

三、西北望长安

宋孝宗乾道六年（公元1170年），三十一岁的辛弃疾看起来时来运转了。

当是时，朝局发生变化。乾道五年（公元1169年），曾经督师取得采石矶大捷的虞允文拜相。作为主战派旗帜的虞允文向来有识人敢用的美名，他当然不会放过辛弃疾这样的大才。

再加上史正志等人的再三推荐，宋孝宗终于记起这个被太上皇嘉许过的英才，专门在延和殿召见了他，进行了一场通常称为“召对”的面试，题目就是南北形势和攻守方略。辛弃疾这次面试应该表现得很好，因为他很快被提拔到中枢任司农寺主簿。辛弃疾又振作起来，进献了《九议》《论阻江为险须藉两淮疏》等多篇文章，阐述自己的抗金方略，充分展现了自己的才干。

但“归正人”的身份，或许还有魏王的痕迹，都注定辛弃疾无法取得皇帝的充分信任。最后的结果是，皇帝认为，此人确实有才、可用，但就是不能让其领兵北伐。

于是乾道八年（公元 1172 年），辛弃疾被任命为滁州知州。地处江北的滁州，几十年来兵灾不断，辛弃疾刚到任的时候，看到的是“滁人方苦于饥，商旅不行，市物翔贵，民之居茅竹相比，每大风作，惴惴然不自安”。他“宽征薄赋，招流散，教民兵，议屯田”，政绩斐然。作为政通人和的象征，辛弃疾在滁州建了一座奠枕楼，楼落成后还专门填了一首《声声慢》，念念不忘：“今年太平万里，罢长淮、千骑临秋。凭栏望，有东南佳气，西北神州。”

从滁州开始，辛弃疾治理地方的能力得到了充分的验证和认可，从此之后他的职务就以地方官为主。三十三岁到四十二岁的十年间，辛弃疾先后换了十二个官职。虽然官位越来越高，甚至主管一路军政的“帅臣”安抚使都做了四任，算不上官场失意，可如此频繁的迁转，一方面证明了他的能力，另一方面导致他离北伐前线越来越远，也充分说明中枢诸公和皇帝根本就没想着打过长江去。辛弃疾能怎么办呢？满眼都是“浮天水送无穷树，带雨云埋一半山”，也只好吟唱“江头未是风波恶，别有人间行路难”了。

每一任上，辛弃疾都尽心尽力，充分施展才干，政绩和口碑越来越好。如江西有茶叶走私商人武装起兵作乱时，辛弃疾因归宋之前的传奇战绩，临危受命任江西提点刑狱，节制诸军平叛。才上任几个月，他就诱捕了茶商军首领，扫平了叛乱，证明了自己的军事才能。可惜，这种刀锋向内的战功，根本不是辛弃疾本人想要的。

江西任上，辛弃疾某日途经万安县西南的造口，登上郁孤台，题写了《菩萨蛮》：

> 郁孤台下清江水，中间多少行人泪。西北望长安，可怜无数山。
> 青山遮不住，毕竟东流去。江晚正愁余，山深闻鹧鸪。

建炎南渡时，金兵曾穷追隆祐太后至造口，不及而返。当初要是隆祐太后被俘，可能也就没有高宗登基了[4]，南宋还会不会出现都两说。此情此景，辛弃疾登高远望，哪里有丝毫平贼大捷的志得意满，心心念念的只有“西北望长安”。

>4. 徽、钦二帝被俘后，隆祐太后曾支持赵构即位。

性格刚强豪迈的辛弃疾，在盘根错节的南宋官场总不受待见。在江陵知府兼湖北安抚使任上，他还是干捕盗平贼的活。江陵兵马统制率逢原纵容手下殴打残害百姓，辛弃疾勃然大怒，上奏朝廷惩处那些“内战内行”的官军，追究率逢原的责任。可他不知道率逢原在朝中是有靠山的，也可能是知道了仍不在乎。皇帝虽然惩处了率逢原，可也以将帅不和的名义，把辛弃疾调回江西，改任隆兴知府兼江西安抚使，不到三个月，又把他召到大理寺任少卿。

在朋友送别他的酒宴上，除了表达离别之情的“明朝放我东归去，后夜相思月满船”，辛弃疾也有牢骚，在《水调歌头》中唱：

> 我饮不须劝，正怕酒尊空。别离亦复何恨，此别恨匆匆。头上貂蝉贵客，苑外麒麟高冢，人世竟谁雄。一笑出门去，千里落花风。
>
> 孙刘辈，能使我，不为公。余发种种如是，此事付渠侬。但觉平生湖海，除了醉吟风月，此外百无功。毫发皆帝力，更乞鉴湖东。

借三国魏辛毗不阿附中书监刘放、中书令孙资的典故[5]，表明自己对朝中主和派的不苟同。至于“更乞鉴湖东”，则是完完全全的牢骚了。

>5. 辛毗不与当时独断朝政的刘放、孙资往来，曾有“不过令吾不作三公而已”之言。

没过多久，辛弃疾又被调到地方，先是做湖北、湖南转运副使，后是做潭州知州兼湖南安抚使。在湖南任上，他一方面兴修水利，赈济灾民，另一方面还是干平贼的老本行。在许多官员士绅都反对的情况下，他力主编练了一队新军，名曰飞虎军，作为维护地方治安的快速反应部队。在谏官弹劾他借机贪污的情况下，辛弃疾藏起皇帝命令暂时停建的金牌，顶着巨大的压力推进营栅建设。在物资供给困难的情况下，他多方斡旋，筹措经费，还从地方百姓每家摊派两片砖瓦，建起了军营，然后才详细向皇帝汇报。史书记载“军成，雄镇一方，为江上诸军之冠”。至今长沙还有一条“营盘路”，传说就是飞虎军当初的驻地。

鉴于江西、湖北、湖南等地盗贼此起彼伏的状况，他还专门给皇帝上了《论盗贼札子》，详细分析了盗贼的来源和起因：“田野之民，郡以聚敛害之，县以科率害之，吏以乞取害之，豪民以兼并害之，盗贼以剽夺害之，民不为盗，去将安之？”建议皇帝申饬地方官员，治盗先治吏。虽说是真知灼见，可也大大得罪了同僚。他自己不知道这是官场大忌吗？当然知道！就在这份札子中，他还说自己“刚拙自信，年来不为众人所容”，可有些事，真的不能和光同尘啊！

频繁的迁转中，辛弃疾逐渐了解了南宋的朝局和政治生态，失望也一日胜似一日。如果说刚刚外放主政地方的时候，他还指望“东南佳气”，偶尔还有

“罢长淮、千骑临秋”的心气，到最后看出朝廷对自己打压的意图如此明显，他也有点心灰意冷了。在由湖北转运副使调任湖南，离抗金前线越来越远的时候，他填了一首《摸鱼儿》：

更能消、几番风雨，匆匆春又归去。惜春长怕花开早，何况落红无数。春且住。见说道、天涯芳草无归路。怨春不语。算只有殷勤，画檐蛛网，尽日惹飞絮。

长门事，准拟佳期又误。蛾眉曾有人妒。千金纵买相如赋，脉脉此情谁诉？君莫舞。君不见、玉环飞燕皆尘土。闲愁最苦。休去倚危栏，斜阳正在，烟柳断肠处。

四、春在溪头荠菜花

宋孝宗淳熙八年（公元1181年），第二次做江西安抚使的辛弃疾，刚刚调任两浙西路提点刑狱公事就被谏官弹劾。弹劾之辞尤为激烈：“弃疾奸贪凶暴，帅湖南日，虐害田里。”还有文字这样描述他的行为：“肆厥贪求，指公财为囊橐；敢于诛艾，视赤子犹草菅。凭陵上司，缔结同类。愤形中外之士，怨积江湖之民。方广赂遗，庶消讥议。”

所列罪名包括了虐待百姓、杀人如麻、贪污公款、行贿受贿、结党营私，总之就是说辛弃疾的罪行已经让中外之士、江湖之民都忍无可忍了。

这些罪名严重吗？严重！有证据吗？没有。

所谓虐待百姓，就是指每家摊派两片砖瓦的事。怎么不问苦于盗贼侵害的百姓愿不愿意？所谓杀人如麻，不外乎是指辛弃疾刚到任的时候为了震慑群盗，采取了严刑峻法。所谓贪污公款，多半指的是他创立飞虎军过程中有些闪转腾挪的操作。归根结底，就是罗织罪名、排斥异类而已。

那个时候，孝宗皇帝也早就失去了锐意进取的心思，虽然大概知道辛弃疾是冤枉的，但为了朝局的稳定可控，还是将他免职了。赵晓岚在《金戈铁马辛弃疾》中分析他这次被免职的原因时，引用了朱熹对时局和朝政的评价："如今是大承气汤证，渠却下四君子汤。虽不为害，恐无益于病尔。"将皇帝的用人策略比作四平八稳的"四君子汤"，虽然无害，但也治不好病，而辛弃疾就是那一味"大承气汤"的猛药，不痛下决心，如何敢用？确实有道理。

对这个意料之外、情理之中的结果，辛弃疾已能坦然接受，他平静地回归上饶带湖隐居，将自己的书斋命名为"稼轩"，取劝农之意，自号稼轩居士，"却将万字平戎策，换得东家种树书"，做起了农夫。这一做就是十年。

粗豪豁达的稼轩，貌似还挺自得其乐的，写了大量田园闲居的词，闲适中别有真趣。比如这首《清平乐·村居》：

茅檐低小，溪上青青草。醉里
吴音相媚好，白发谁家翁媪？
大儿锄豆溪东，中儿正织鸡笼。
最喜小儿亡赖，溪头卧剥莲蓬。

醉里除了挑灯看剑，还有吴音媚好、儿女绕膝。有个小八卦，辛弃疾子女众多，他最喜欢的那个“亡赖”小儿到底是谁呢？答案是——铁柱。

大家别忙着笑。辛弃疾确实有个儿子小名叫铁柱，稼轩词中还专门有《清平乐·为儿铁柱作》曰：“看取辛家铁柱，无灾无难公卿。”其他儿子可没有这个待遇。

春日他写“满眼不堪三月暮，举头已觉千山绿”；夏夜他写“稻花香里说丰年，听取蛙声一片”；秋夕他写“晚来云淡秋光薄，落日晴天”；冬雪他写“万事新奇，青山一夜，对我头先白”。

代人抒情，他写“若教眼底无离恨，不信人间有白头”；父老饮酒，他写“竹树前溪风月，鸡酒东家父老，一笑偶相逢”；中秋无月，他写“忆对中秋丹桂丛，花在杯中，月在杯中”；病后初愈，他写“山才好处行还倦，诗未成时雨早催”。

可他真的乐而忘忧了吗？那为什么还说“而今识尽愁滋味……却道天凉好个秋”？满眼春光烂漫，他的这首《鹧鸪天》却有不知名的味道：

> 陌上柔桑破嫩芽，东邻蚕种已生些。平冈细草鸣黄犊，斜日寒林点暮鸦。
>
> 山远近，路横斜，青旗沽酒有人家。城中桃李愁风雨，春在溪头荠菜花。

到底谁是城中桃李？谁又是溪头荠菜花？

忧愤难抑时，他更是直接问：“渡江天马南来，几人真是经纶手？……功名本是，真儒事，君知否？”奈何这振聋发聩的黄钟大吕之声，就是惊不醒西湖岸边的风月醉梦。

本是大好男儿，困居田园，有志难伸，只好借酒浇愁。他的词里也越来越多出现“醉”“酒”“杯”之语。不得已之下，夫人为了他的身体，在房间里写满了劝其戒酒的话。倾颓之中，他也有理想幻灭之感。比如这首夜宿山寺所作的《浪淘沙》：

> 身世酒杯中，万事皆空。古来三五个英雄。雨打风吹何处是，汉殿秦宫。
>
> 梦入少年丛，歌舞匆匆。老僧夜半误鸣钟。惊起西窗眠不得，卷地西风。

可他是真的放不下啊，午夜梦回，除了卷地西风，还有那万里江山：

> 绕床饥鼠，蝙蝠翻灯舞。屋上松风吹急雨，破纸窗间自语。

平生塞北江南，归来华发苍颜。
布被秋宵梦觉，眼前万里江山。

他说自己“一生不负溪山债”，那负了谁呢？负的是长安父老和万里江山啊。可那又是他的错吗？

五、众里寻他千百度

淳熙十五年（公元1188年）冬，上饶鹅湖。

朱熹、陆九渊、陆九龄曾经在鹅湖相会，激辩“理学”和“心学”，是为中国哲学史上鼎鼎大名的“鹅湖之会”。这年冬天，有病在身的辛弃疾也顶风冒雪来到鹅湖。

原来，适逢主和的太上皇赵构驾崩，一些主战派人士觉得北伐的机会到了，于是奔走邀约。辛弃疾的挚友陈亮，约了辛弃疾和朱熹在赣闽之交的紫溪相会。陈亮先到上饶与辛弃疾会合，二人同游鹅湖，再去往紫溪等待朱熹。

陈亮其人，《宋史》记载“生而目光有芒，为人才气超迈，喜谈兵，论议风生，下笔数千言立就”。他与辛弃疾才略相似，性情相似，志趣也相似，因而成为一生的挚友。辛弃疾著名的《破阵子·为陈同甫赋壮词以寄之》，就是写给陈亮的。

在有志北伐这一点上，陈亮比辛弃疾更为激烈。陈亮屡次上书直言抨击南宋的绥靖政策，甚至还曾因言辞激愤而被诬陷入狱，但即使被打得体无完肤仍不改其志。他的朋友受命出使金国为“叔皇帝”祝寿时，陈亮满腔愤懑喷薄而出，填了一首《水调歌头》：

不见南师久，漫说北群空。当场只手，毕竟还我万夫雄。自笑堂堂汉使，得似洋洋河水，依旧只流东。且复穹庐拜，会向藁街逢。

尧之都，舜之壤，禹之封。于中应有，一个半个耻臣戎。万里腥膻如许，千古英灵安在，磅礴几时通。胡运何须问，赫日自当中。

言辞之激昂，胆魄之雄壮，意气之慷慨，气势之磅礴，不让稼轩分毫。其中“尧之都，舜之壤，禹之封。于中应有，一个半个耻臣戎”更是让当朝诸公和皇帝都无颜以对。陈亮也因此一生坎坷，大部分时间都是布衣身份。

此次陈亮来看望去职闲居的辛弃疾，两人虽同是天涯沦落人，却绝无半点颓丧之气。后来辛弃疾回忆，两人“长歌相答，极论世事”。所谓“长歌相答”，还真不是虚言。两人这次相会，以及别后通信，先后以同一韵脚，你来我往，各自填了三首长调《贺新郎》，其中的男儿意气、壮怀激烈一脉相承，交相辉映，也成就了第二次“鹅湖之会”的美名。

这些长歌之中的最强音，还是稼轩的：

老大那堪说。似而今、元龙臭味，孟公瓜葛。我病君来高歌饮，惊散楼头飞雪。笑富贵、千钧如发。硬语盘空谁来听？记当时、只有西窗月。重进酒，换鸣瑟。

事无两样人心别。问渠侬：神州毕竟，几番离合？汗血盐车无人顾，千里空收骏骨。正目断、关河路绝。我最怜君中宵舞，道男儿、到死心如铁。看试手，补天裂。

可惜“看试手，补天裂”的志向终究还是一场空。高宗驾崩后，朝局并无什么变化，西湖歌舞仍旧曼妙不休。辛弃疾依旧闲居，陈亮也依旧郁郁不得志。

几年后，已经五十一岁的陈亮，终于中了状元。可身体在牢狱折磨和江湖风霜中被摧垮的他，中状元一年后就去世了。“鹅湖之会”成为绝响。

对了，可能就是在这次“鹅湖之会”时，陈亮看到了辛弃疾的一幅画像，还留下了一段题词。可惜画像早已失传，但陈亮的题词流传了下来，也将辛弃疾的形象气度定格在了历史长河中：

眼光有棱，足以照映一世之豪。背胛有负，足以荷载四国之重。出其毫末，翻然震动。不知须鬓之既斑，庶几胆力之无恐。呼而来，麾而去，无所逃天地之间。挠弗浊，澄弗清，岂自为将相之种。故曰：真鼠枉用，真虎可以不用，而用也者所以为天宠也。

另外，这次紫溪的三人聚会，朱熹因故未能成行。此时的朱熹远没有后世尊称的圣贤“朱子”那么高的地位，在南宋朝廷的日子也并不好过，除了短暂任职地方、平定盗贼外，大部分时间都潜心讲学。就这样，他还是不受待见，在一些官员别有用心的构陷下，他的学说后来甚至被斥为“伪学”，全面被禁。朱熹去世后凄凉至极，门人弟子都不敢去吊唁，唯恐惹祸上身。唯有辛弃疾慨然前往，题写了悼词：“所不朽者，垂万世名。孰谓公死，凛凛犹生。”这句话岂止可用来评价朱熹，又何尝不能用来评价陈亮和辛弃疾？男儿到死，犹自丹心似铁，千载之下，凛凛犹生！

宋光宗绍熙二年（公元 1191 年）冬，五十二岁的辛弃疾被起复为福建提点刑狱。这一方面是因为孝宗退位，刚登基的光宗总要做做锐意进取的样子；另一方面也是因为福建境内盗贼四起，朝廷又想起了辛弃疾在这方面的专长。

不久之后，光宗召见了辛弃疾。可能也是面试结果不错，朝廷调任他为大理寺少卿，然后外放为福建安抚使。谁知道，这份任命就像捅了马蜂窝，整个谏官系统都对此不依不饶。

起复之后的几年间，先是谏官黄艾弹劾辛弃疾“残酷贪饕，奸赃狼藉”，导致他被免除了福建安抚使的职务。接着御史中丞谢深甫又弹劾他“交结时相，敢为贪酷，虽已黜责，未快公论”，意思是光免职不足以平民愤，于是他的虚职又被降了两级。等到光宗退位、宁宗登基，谏官还不放过辛弃疾。御史中丞何澹接着弹劾他“酷虐裒敛，掩帑藏为私家之物，席卷福州，为之一空”，于是他被贬得只剩下一个主管道观的名义职务了。就这样还不行，又有臣僚弹劾辛弃疾“赃污恣横，唯嗜杀戮，累遭白简，恬不少悛”，说他不思悔改，于是他的名义职务也被剥夺。这次终于免无可免、降无可降了。

这已经不单单是主战主和的政见不同了，完全是不死不休的深仇大恨。何至于此？除了辛弃疾对那些官场庸吏的严苛，“厉威严，轻以文法绳下，官吏惴栗，惟恐奉教条不逮得谴”，剩下的也只能归结为南宋君臣骨子里的怯懦以及对异类的排斥吧。

那辛弃疾是如何面对这一切的呢？就在这次任职大理寺的时候，适逢临安元夕，火树银花不夜天，看到满眼的繁华锦绣，他填了《青玉案·元夕》：

东风夜放花千树，更吹落、星如雨。宝马雕车香满路。凤箫声动，玉壶光转，一夜鱼龙舞。

蛾儿雪柳黄金缕，笑语盈盈暗香去。众里寻他千百度。蓦然回首，那人却在，灯火阑珊处。

繁华散尽，斯人独憔悴。王国维在《人间词话》中将“众里寻他千百度。蓦然回首，那人却在，灯火阑珊处”赞为大事业、大学问的最高境界，诚哉斯言！

这首千古绝唱创作年代不详，只知道描写的应该是临安元宵节灯会。一般说法是辛弃疾早年任职临安，也就是三十多岁时写的。但在梳理回顾辛弃疾生平的过程中，笔者总觉得直到这个时候，才该这首词出场。

六、廉颇老矣，尚能饭否

绍熙五年（公元1194年），在满朝的喝骂声里，五十五岁的辛弃疾返身回到上饶。后来，在带湖营建的庄园，包括“稼轩”，无意间毁于火灾，辛弃疾又举家迁居铅山。

铅山别墅中，辛弃疾营建了“停云堂”，取陶渊明《停云》诗“思亲友也”的寓意。他在堂上题写了一首《贺新郎》：

甚矣吾衰矣。怅平生、交游零落，只今余几！白发空垂三千丈，一笑人间万事。问何物、能令公喜？我见青山多妩媚，料青山、见我应如是。情与貌，略相似。

一尊搔首东窗里。想渊明、停云诗就，此时风味。江左沉酣求名者，岂识浊醪妙理。回首叫、云飞风起。

> 不恨古人吾不见，恨古人、不见吾狂耳。知我者，二三子。

此时好友陈亮已经去世，北伐的理想几近破灭，自己也垂垂老矣。“白发空垂三千丈，一笑人间万事”有多少无奈，“我见青山多妩媚，料青山、见我应如是”就有多少柔情。“不恨古人吾不见，恨古人、不见吾狂耳”有多少意气，“知我者，二三子”就有多少惆怅。

隐居铅山瓢泉期间，辛弃疾遣散家里蓄养的歌伎，在家人的劝诫下还开始尝试戒酒[6]，甚至又开始学佛经。貌似他真的放弃了。

>6．事实上没有成功。辛弃疾曾经破戒，并填词为记。——原注

真的能放下么？某日，闲来读史的辛弃疾又读到了《李广传》，愤懑难平。当年在带湖的时候读李广，他还有“谁向桑麻杜曲，要短衣匹马，移住南山”的射虎豪情，此时再读，填的这首《卜算子》，则有别样情绪：

> 千古李将军，夺得胡儿马。李蔡为人在下中，却是封侯者。
> 芸草去陈根，笕竹添新瓦。万一朝家举力田，舍我其谁也。

飞将军李广难封，可李蔡只是中下之资，却能封侯，何言公平？锄草剖竹，万一哪天朝廷选拔种田能手，舍我其谁？

轻描淡写的调侃中，又有多少无奈、愤恨和嘲讽？

宋宁宗嘉泰三年（公元1203年），朱熹死后三年，由于朝中的政治斗争以韩侂胄的大获全胜告一段落，党禁稍解。韩侂胄为了赚取政治声望和资本，决意北伐，起复了大批主战人士，辛弃疾也在其中。辛弃疾在瓢泉闲居近十年后，被起复为绍兴知府兼浙东安抚使。

韩侂胄是北宋名臣韩琦的曾孙。据传韩琦做狄青上司的时候为了立威，寻了点小错要斩杀狄青旧部焦用。狄青求情："焦用有军功，是大好男儿。"韩琦轻蔑地斥责："东华门外以状元唱出的方是好男儿，他们算什么好男儿！"后来在对西夏的战争中，韩琦因轻敌冒进而大败，以至于战死将士的家属拦着他的马头撒纸钱。韩侂胄其人除了封岳飞、贬秦桧之外，精通权谋，能力则殊无可观，倒是轻敌冒进与韩琦一脉相承，颇有乃祖之风。

虽然辛弃疾看不上韩侂胄的为人，但已近暮年的他实在不能放弃这最后的机会，决心尽自己最大的努力帮助北伐。不久，他又被调任镇江知府，戍守长江防线的要地京口。他曾多次派出侦骑过江，侦察金兵的力量虚实、防御阵型、将帅姓名、粮草储备等情报，到镇江后还积极筹划在江上编练新兵。

可辛弃疾既看不惯朝中一干庸碌之辈，又反对韩侂胄"无谋浪战"的方略，更忧心于北伐局势。某日，登临京口北固亭，他填了一首《南乡子》：

何处望神州？满眼风光北固楼。千古兴亡多少事？悠悠。不尽长江滚滚流。

年少万兜鍪，坐断东南战未休。天下英雄谁敌手？曹刘。生子当如孙仲谋。

江山如画，追古抚今，词中极力称赞孙权的雄才大略，用东吴与同样偏居东南的南宋朝廷对比。尤其是最后“生子当如孙仲谋”一句，借用曹操的话，故意隐去了原话的下半句“刘景升儿子若豚犬耳”，极为辛辣。

几乎同一时期，同样在北固亭，还诞生了一首绝唱——《永遇乐·京口北固亭怀古》：

千古江山，英雄无觅，孙仲谋处。舞榭歌台，风流总被，雨打风吹去。斜阳草树，寻常巷陌，人道寄奴曾住。想当年，金戈铁马，气吞万里如虎。

元嘉草草，封狼居胥，赢得仓皇北顾。四十三年，望中犹记，烽火扬州路。可堪回首，佛狸祠下，一片神鸦社鼓。凭谁问：廉颇老矣，尚能饭否？

辛弃疾望万里江山，叹千古风流，追忆三国吴孙权的雄姿、南朝宋武帝刘裕北伐的功绩，又惋惜于宋文帝刘义隆仓促北伐的溃败[7]，还回顾了自己渡江以来四十三年的烽烟，抒发了到老不得重视的悲愤。全词

>7. “寄奴”为刘裕的小名。“元嘉”为刘义隆的年号。

情景交融，悲壮苍凉，大气磅礴，声威赫赫。后来明朝吟出“滚滚长江东逝水”的杨慎，推此词为稼轩词第一。

可所谓的“元嘉草草”不是诅咒韩侂胄的北伐也要草草收场么？于是朝中谏官又寻了辛弃疾一个“荐人不当”的罪过，将他降职。过了几个月，他本来准备去做隆兴知府，结果未等上任，弹劾又来了，说他“好色贪财，淫刑聚敛”，于是罢职归铅山。

这次的经历，使得辛弃疾对韩侂胄彻底失望。宋宁宗开禧元年（公元1205年），辛弃疾被免职。第二年北伐大败，金国后来甚至提出要韩侂胄的人头为议和的条件。“元嘉草草”之句一语成谶。北伐正式开始前后，为了收买人心，韩侂胄一度又想起复辛弃疾，先是任命他为浙东安抚使，辛弃疾坚辞；后又任命他为兵部侍郎，辛弃疾又坚辞。

开禧三年（公元1207年），在铅山的辛弃疾病倒了。九月，朝廷又任命他为枢密院都承旨，命令他马上到临安上任，可此时他已病重难起，便上奏乞致仕。九月初十，已经气若游丝的辛弃疾突然高呼：“杀贼！杀贼！”抱憾而逝。所谓“出师未捷身先死，长使英雄泪满襟”，不外如是！

七、尾声

宋度宗咸淳年间，辛弃疾去世六十多年后，时任史馆校勘谢枋得拜谒辛弃疾墓，宿墓旁僧房，半夜忽听得有声音大呼不止，打开门窗却不见人影。呼声从黄昏到三更不断，追索源头，疑似从墓中传出。谢枋得连夜撰写祭文，清晨祭奠，祭文成而呼声止。其文曰：

> 以此比来，忠义第一人，生不得行其志，没无一人明其心……公没，西北忠义始绝望，大仇必不复，大耻必不雪，国势远在东晋下。

宋恭帝德祐二年（1276年），蒙古人兵临临安城下，谢太后领着五岁的小皇帝赵㬎出降，西湖歌舞自此而休。等到三年后崖山日落，大宋王朝的光芒也彻底归于沉寂。

千古风流，总被雨打风吹去。青山妩媚，何处再共高人语？

姜　夔·第　八

寒压西湖万顷波

宋孝宗淳熙三年（公元1176年）冬至，扬州。

一位风尘仆仆的白衣青年，兴冲冲来到扬州城下，满怀期待。虽然他身世寒微，做不到“腰缠十万贯，骑鹤下扬州”，但又有谁不想看看那个小杜笔下“谁知竹西路，歌吹是扬州”的风月圣地呢？重走“春风十里扬州路”，踏过“二十四桥明月夜”，缅怀盛唐的风华，早已成为众多士子的向往。

可他看到的是什么呢？夜雪初霁，城郊荠麦青青，四顾无人烟，入城来满目萧条，城郭坍塌残破，丝竹管弦悄无声息，守城兵士一日三惊，戍角凄清……这还是那个令他魂牵梦萦的扬州吗？青年悲从中来，吟唱着《诗经·王风》中的名篇《黍离》，体会着当初东周大夫经过已残破不堪的西周故都时的悲凉，追思着小杜的扬州风流，自己作词作曲，填下了一首《扬州慢》：

淮左名都，竹西佳处，解鞍少
驻初程。过春风十里，尽荠麦青青。
自胡马窥江去后，废池乔木，犹厌
言兵。渐黄昏，清角吹寒，都在空城。
杜郎俊赏，算而今、重到须惊。
纵豆蔻词工，青楼梦好，难赋深情。
二十四桥仍在，波心荡、冷月无声。
念桥边红药，年年知为谁生。

不期然间，他成了继杜牧之后，扬州最深情的代言人，也开辟了宋词的新天地。

一、流落不自恨

宋高宗绍兴二十五年（公元 1155 年），姜夔出生于饶州鄱阳。

这一年，距离靖康之变已经二十八年，宋金两国南北分治的局面基本底定，曾经促成和议、权倾一朝的秦桧也终于去世。南宋立国之初的纷纷扰扰逐渐平息。

这一年，距离苏轼、秦观去世已经五十多年，黄庭坚也已去世整整五十年，就算是勉强够得上亡国词人的周邦彦，也去世三十多年了。换句话说，曾经繁星如海、璀璨缤纷的宋词天空，名家凋零如斯，唯有朱敦儒等南渡词人仍在反复吟唱，追忆曾经的繁华。

虽然笔者并不愿意把姜夔的出现归结于宿命论，但按王国维“凡一代有一代之文学”的观点，一代之文学自然就会有一代之领袖，而姜夔的名和字恰恰很奇妙地预言了他在音乐上的造诣和成就。夔，传说中是尧舜时代的乐官；姜夔字尧章，就更直白了——尧帝的乐章。这种名和字配套预示命运的巧合，不得不让人想起以摩诘为字的王维[1]。

>1. 唐朝诗人王维的名和字取自佛教经典《维摩诘所说经》。王维世称“诗佛”，其诗歌深受佛学影响。

单纯就词作成就来说，离经叛道的东坡和稼轩至少当时是不太被认可的。李清照对东坡词的评价就毫不客气，“句读不葺之诗尔，又往往不协音律”。从这个角度看，姜夔的诞生适逢其时。在柳永、周邦彦之后，他对传统的文人词起到了传承和发展的作用，尤其对南宋词坛，是有开拓之功的。

格律上，精通音律的姜夔，恪守词的音乐属性，填的词再正统不过。风格上，姜夔性格儒雅守礼，避免了柳永词中所谓“俗艳”的缺点。内容上，姜夔一生落拓，漂泊江湖却不忘家国，又避免了周邦彦词中“媚上”和无病呻吟的毛病。

除了天纵奇才之外，这些特点也与他生活的时代和成长的环境有关。姜夔的父亲，是绍兴三十年（公元1160年）的进士，后被任命为汉阳知县。年幼的姜夔跟随父亲前往湖北，在那里度过了自己的少年时光。

姜夔虽然算得上是官宦子弟，但姜家门第本就不高，勉强能说一句蜀汉大将军姜维后裔，祖上在唐代还做过宰相，可是等到有宋一代，姜夔先祖已普遍沉沦下僚。而且姜夔的父亲去世得也早，中进士出仕后不到八年就在汉阳任上病逝，姜夔当时仅十四岁。年少无依的姜夔不得不投靠已经出嫁的姐姐，寄人篱下的生活境遇可想而知。

这也是一直以来，各类记载上都说姜夔出身寒微、年少孤苦的原因。这种说法不能算错，但笔者推测，姜夔感受到的多半是心理上的压抑和无助，其生活应该大致还是衣食无忧的。一个最明显的例证就是姜夔在音乐上的超凡造诣。在古代，想培养一个完全脱产的读书人，本就需要极大的经济投入，更何况是让他学习完全陶冶情操的音乐。如果不好理解的话，想想当下带着孩子上各种音乐特长班的家长就能懂了。

说句题外话，读书多了后，偶尔会有一点认知错位的荒谬感。得益于中华文明的源远流长，青史留名的难度不是一般的大，这就导致史书中评价的门槛相当之高，比如做到州府主官往往是“怀才不遇”，县令的公子更是“寒微”不过。笔者就想问问，史家是不是对“怀才不遇”和“寒微”有什么误解？

虽然父亲去世后，姜夔寄人篱下，但实际上姐姐和父亲的一些同事朋友都是很好的人，他们很照顾姜夔。少年时代的姜夔更是结识了许多志趣相投的好友。他后来回忆“中去复来（汉阳）几二十年，岂惟姊弟之爱，沔之父老儿女子亦莫不予爱也”。直到多年以后，他还对江汉风物念念不忘：

大江围楚碧，烟水入玄虚。
流落不自恨，惟嗟故人疏。
一月三见梦，梦中相与娱。
日日潮风起，怅望武昌鱼。

不过身为姜家独子，毕竟还是要支撑门户的，成年后的姜夔不可避免地开始了科举之路。由于父亲病逝于任上，姜夔的籍贯一直留在鄱阳老家，他必须远赴江西参加考试。可惜他十余年间先后四次返回鄱阳参加科举，均名落孙山。虽然自古以来才高运蹇之士不胜枚举，但姜夔的屡试不中，除了说一句时运不济，应该还有更深层次的原因。

南宋科举制度基本继承自北宋，以解试、省试、殿试三级为主，对应后世明清时代的乡试、会试、殿试三级。但宋高宗在位期间，科举制度出现了一些流弊。

一方面，南渡初期，朝廷朝不保夕，根本无法强求士子上京参加省试，加之出于笼络地方的考虑，高宗一度将省试的权限下放至地方，对殿试也绝少干预。虽然局势稳定后又恢复了在临安省试的制度，但四川、陕西等御金前线一直都保留了这个权力。这使得南宋初年的地方科举权限极大，弊案丛生。

另一方面，由于大量北方百姓被迫南迁，原籍北方的士子也无法回乡考试，南宋又专门出台了流寓试的制度，也就是南渡士子可以在暂居地参加解试。虽然单独划分发解名额，但地方往往觉得不公，总有落第士子觉得外乡人抢占了本地资源，这使得南宋初年科场之上往往比较排外。

宋高宗时期这些权宜之计带来的流弊，影响了日后的整个南宋王朝。而姜夔家世不高，父亲也早早离开江西，从他不得不托庇于出嫁的姐姐来看，江西故乡肯定也没什么可靠的亲戚。在这种情况下，他回科举昌盛的江西去考试，其难度可想而知。

不过失之东隅，收之桑榆。姜夔离开汉阳后，足迹遍布湘赣江淮，眼界开阔，交游广泛，大大拓展了诗词的深度和广度，方才有了后来开宗立派的底气。

他离开汉阳之后的第一站就是曾经风月无边的扬州。如果是在太平盛世，说不定又会诞生一个柳永那样的风月班头。然而，扬州繁华不再，其萧条破败极大地震撼了姜夔。

原来，绍兴三十一年（公元 1161 年），金主完颜亮南下侵宋，大掠扬州，淮左明珠毁于一旦。虽然金国此次南侵被击退，完颜亮也死在了瓜洲渡，但扬州的繁华却一去不返。更加雪上加霜的是，仅仅三年后，宋孝宗隆兴二年（公元 1164 年），南宋朝廷仓促发起的“隆兴北伐”惨败，反被金兵借势反攻，突破了淮河防线，扬州再次被攻破。此后宋金虽然达成和议，但扬州一带基本上成了两国的军事缓冲带，饱受战火摧残。

由此才诞生了一个全新的词牌《扬州慢》。这基本上是姜夔最出名的作品，也就是俗称的“出道即巅峰”吧。好在他的巅峰基本纵贯一生，不能不说是词家之幸。

二、我家曾住赤阑桥

离开扬州之后的十年间，布衣流落、辗转求生的姜夔，行迹很难考证。除了隐约知道他回江西参加科举考试外，他又去了什么地方，遇见了什么人，作了什么曲，基本都湮没在了历史的长河中。唯有一城一地一双人，后来在姜夔的词曲中反复闪现，那就是合肥的琵琶和古筝双姝。

其实，十年间姜夔的行迹都无法确定，就更别说他交往的人了，但架不住姜夔实在深情。根据夏承焘先生考证，姜夔流传于世的词作中，将近四分之一都有合肥情事的影子。

从夏先生的考据来看，姜夔一生应该至少五次到过合肥，其中三次都有比较长时间的寓居。他初次寓居合肥应该是在淳熙初年间，比较大的可能就是在到达扬州之后，又顺便去了不远的合肥。

大概在淳熙三年（公元1176年）的冬末或者来年的春初，受友人相邀，也有见识边塞风物的意思，姜夔到访了宋金边境之地的合肥。当时的合肥可不是唐代的“江淮首郡”了。自北宋灭亡，南宋和金国事实上以秦岭淮河为界。合肥倒霉在离淮河太近，南宋初年几度失陷于金兵。姜夔到访时，其破败处应该说更甚于扬州。不过，虽然多年后重至合肥时会写“时闻马嘶，出城四顾，则荒烟野草，不胜凄黯”，但初至合肥的姜夔正值意气风发的时候，江淮大地、兵戈阵列大大激发了他的豪气。在他后来追忆旧游的诗中，我们能看到一个与惯常魏晋名士风采不一样的姜夔：

自矜意气豪，敢骑雪中马。
行行逆风去，初亦略沾洒。
…………
徘徊望神州，沉叹英雄寡。

其壮烈处真不减盛唐侠士的风采。另外，还要提一句，姜夔的外貌也是很出众的，南宋诗人陈郁形容姜夔“气貌若不胜衣”，也就是说有一股遗世独立的仙气。正是在最好的年华，他遇见了那个牵挂一生的人。

后来姜夔回忆当初情形，填了一首《解连环》：

玉鞭重倚，却沉吟未上，又索离思。为大乔能拨春风，小乔妙移筝，雁啼秋水。柳怯云松，更何必、十分梳洗。道郎携羽扇，那日隔帘，半面曾记。

西窗夜凉雨霁，叹幽欢未足，何事轻弃。问后约、空指蔷薇，算如此溪山，甚时重至。水驿灯昏，又见在、曲屏近底。念唯有、夜来皓月，照伊自睡。

其中信息量很大。首先，姜夔遇见的应该是 对歌女姐妹，一人擅琵琶，一人擅古筝。联系他的其他词作推测，与姜夔定情的，可能是琵琶女。其次，他们初见应该是春末夏初，冬日策马的姜夔已经摇起了羽扇。最后，这是一首回忆别时依依情形的词，结合姜夔十年间因科举失利漫游江淮的经历，他们之间应该是聚少离多。

其实除了一些点点滴滴的碎片，琵琶女的信息实在是没有更多了。我们只能通过姜夔二十多首怀念伊人的词推测——他们在最好的青春时光相遇，因为共同的音乐爱好相知，因为同是天涯沦落人而相守，纵然有别离之苦，但想必这十余年间两个年轻人应该是幸福的。

后来姜夔曾经自己作曲填词，写了一首《淡黄柳》，记录寓居合肥的生活。词序云：“客居合肥南城赤阑桥之西，巷陌凄凉，与江左异。唯柳色夹道，依依可怜。因度此阕，以纾客怀。”其词云：

空城晓角，吹入垂杨陌。马上单衣寒恻恻。看尽鹅黄嫩绿，都是江南旧相识。

正岑寂，明朝又寒食。强携酒、小桥宅。怕梨花落尽成秋色。燕燕飞来，问春何在？唯有池塘自碧。

荒芜的城郭，角声阵阵，巷陌凄凉。但毕竟还有鹅黄淡柳、旧时燕子、梨花院落，还有伊人，客愁也就不算什么了。

但再美好的爱情，终究要败给生活。她是一个身如浮萍的歌女，他是一个屡试不第的落魄士子，在当时那个环境下，如何能有未来？

淳熙十三年（公元1186年），已经三十二岁却依然衣食无着的姜夔，在长沙得到父亲同年萧德藻的赏识。时任长沙通判的萧德藻不仅将侄女许配给姜夔，在要回湖州乌程时还邀请姜夔一并前往。姜夔接受了，准备告别潇湘，告别汉阳，也告别江淮。

这也意味着合肥边城、赤阑桥西、杨柳巷陌的那场相遇，终于要无疾而终了。

还没有到达湖州，姜夔就开始反复回忆、思念。

在湘江畔，接受萧德藻的盛情款待时，他兴尽悲来："记曾共西楼雅集，想垂杨还袅万丝金。待得归鞍到时，只怕春深。"

在潭州（今湖南长沙），看到红梅怒放，他吟唱："九疑云杳断魂啼，相思血，都沁绿筠枝。"

在汉阳，与外甥郊游尽兴，他惆怅："恨入四弦人欲老，梦寻千驿意难通。当时何似莫匆匆。"

在金陵，他又梦到了她，望着江天冷月，肝肠寸断："别后书辞，别时针线，离魂暗逐郎行远。淮南皓月冷千山，冥冥归去无人管。"

几年后，饱尝相思之苦的姜夔借故又来到合肥。这是他们最后的相聚。

业已成婚的姜夔，托庇于萧德藻。虽然萧德藻很器重他，但彼时情形几乎形同入赘。合肥重聚，琵琶女应该是伤心的，毕竟她等了他十多年，耗费了一个女人的整个青春，却等来了这个结局。可她没有一语恶言相加，等到姜夔又不得不离开时，琵琶女依然是那么依依不舍，依然如同初见般深情款款：

> 钗燕笼云晚不忺，拟将裙带系郎船，别离滋味又今年。
> 杨柳夜寒犹自舞，鸳鸯风急不成眠，些儿闲事莫萦牵。

这一别，姜夔可能觉得还有重聚的机会，所谓的“又今年”，未尝没有“再如今年”的意思。但实际上，一位年近中年的歌女，在合肥这个边城，基本没有把握自己命运的可能。果不其然，当年秋日，姜夔再次到访合肥的时候，佳人已不知所踪。他们此生再不相见。

又过了几年，姜夔听说曾经在合肥的友人范仲讷要回合肥，就托范仲讷送信，期望能有伊人消息。他还写了一组诗。其二云：

> 我家曾住赤阑桥，邻里相过不寂寥。
> 君若到时秋已半，西风门巷柳萧萧。

其三云：

> 小帘灯火屡题诗，回首青山失后期。
> 未老刘郎定重到，烦君说与故人知。

可惜依然是杳无音信。姜夔约定“未老刘郎定重到”，可定约的那个人却走丢了，于是他也失约了。

一直到四十三岁，元夕日，他又一次梦到了伊人：

肥水东流无尽期，当初不合种相思。梦中未比丹青见，暗里忽惊山鸟啼。

春未绿，鬓先丝，人间别久不成悲。谁教岁岁红莲夜，两处沉吟各自知。

“当初不合种相思”，成为两人此生的结局。

三、又向吴松作客归

淳熙十三年（公元1186年）冬，姜夔接受萧德藻的邀请去湖州定居，告别了汉阳。离别之际，他“顾念依依，殆不能去”，填了一首《探春慢》：

衰草愁烟，乱鸦送日，风沙回旋平野。拂雪金鞭，欺寒茸帽，还记章台走马。谁念漂零久，漫赢得幽怀难写。故人清沔相逢，小窗闲共情话。

长恨离多会少，重访问竹西，珠泪盈把。雁碛波平，渔汀人散，老去不堪游冶。无奈苕溪月，又照我扁舟东下。甚日归来，梅花零乱春夜。

其词气高而韵爽，历来被视作白石道人姜夔“清空、骚雅”词风的代表作。

告别了家乡父老，也告别了年少轻狂；告别了荆山楚水，也告别了十载情缘。有多少惆怅，就有多少惶恐；有多少不舍，就有多少期望。

在湖州，姜夔住了十年，生活上托庇于萧德藻，当然不可能豪富，但也能称得上衣食无忧。天目风光和五湖烟雨慰藉了游子敏感的客愁，弁山居所旁的白石洞天更是带来了伴随他一生的雅号——白石道人。但其背后却是一声苦笑，姜夔自己说：

南山仙人何所食，夜夜山中煮白石。
世人唤作白石仙，一生费齿不费钱。

此时的姜夔，虽然说不上志得意满，但精神世界应该是充实的，陋室之中“谈笑有鸿儒，往来无白丁”是他这一阶段比较真实的写照。时人评价他“家无立锥，而一饭未尝无食客，图史翰墨之藏，充栋汗牛，襟期洒落，如晋、宋间人”。

随着交友的广阔，姜夔声名日盛，开始震动南宋文坛。中国古代一直是一个极端官本位的社会，客观地说，有才之人如果本身没有地位，或者没有高位之人为其扬名，是很难出头的。姜夔在这方面的运气不错，由于萧德藻的推崇，他得以进入了南宋诗坛盟主“中兴四大家”(陆游、范成大、杨万里、尤袤) 的圈子。

先是萧德藻推荐他去拜访时任尚书省郎中、东宫侍读的杨万里，就是那个为后世留下“接天莲叶无穷碧，映日荷花别样红”的大诗人。杨万里读了姜夔的诗文后，大为赞赏。词曲娱情也就罢了，姜夔的文章是写得真好，杨万里评价“文无所不工，甚似陆天随”，也就是将姜夔的文章与晚唐开小品文风气之先的陆龟蒙相提并论。要知道，陆龟蒙的小品文可是被鲁迅先生赞为“一榻胡涂的泥塘里的光彩和锋铓”的。杨万里的这个评价，对当时屡试不第的姜夔来说，不可谓不高了。

有意思的是，其实姜夔的偶像或者说自我定位正好就是陆龟蒙，他甚至说自己“三生定是陆天随，又向吴松作客归”。所谓高山流水遇知音，大概就是这样子吧。

不仅盛赞其文，对姜夔的诗，杨万里也“更推白石作先锋”，就是直接说南宋诗坛继陆游、尤袤、范成大等人之后就属姜夔了。杨万里推崇姜夔到什么程度呢？按理说杨万里地位、声望都不算低了，本人也是乐于为国荐才的人[2]，可他还是觉得自己提携不了姜夔的大才，又专门写信将姜夔推荐给曾任参知政事的范成大：

>2. 杨万里曾上书宰相，推荐朱熹等六十人。——原注

吾友夷陵萧太守，逢人说君不离口。
袖诗东来谒老夫，惭无高价当璠玙。
翻然却买松江艇，径去苏州参石湖。

“石湖”，就是指当时退居苏州石湖，写下《四时田园杂兴》的范成大。范成大也极为喜爱姜夔的诗文，更欣赏他高洁的品性，引为知己。从此姜夔开始频繁往返于湖州、苏州之间。

尤其值得大书特书的，是宋光宗绍熙二年（公元1191年）冬天的那次石湖之旅。这一年，对姜夔来说尤其难忘。他年初在合肥与琵琶女小聚，秋日再访合肥，

佳人却已杳无音信，十多年的爱恋一夕成空，简直痛彻心扉。从合肥回湖州后，苦闷不已的姜夔去访范成大。

初到石湖，适逢大雪纷飞、寒梅怒放。一生酷爱梅花的范成大兴致很高，只觉得古往今来吟咏梅花的诗词均不能尽兴，正好姜夔来访，范成大塞过纸笔就让姜夔填词作曲。

原来，姜夔平时就有个习惯，“颇喜自制曲，初率意为长短句，然后协以律”，也就是抛去现成的词牌，随性作词，然后依词谱曲，这样一个崭新的词牌就诞生了。如此任性，笔者只能感叹一声，天才的世界我们不懂。

此情此景，姜夔万般感慨，由林逋“疏影横斜水清浅，暗香浮动月黄昏”的意境出发，填词谱曲一挥而就，成《暗香》《疏影》两曲：

旧时月色，算几番照我，梅边吹笛。唤起玉人，不管清寒与攀摘。何逊而今渐老，都忘却春风词笔。但怪得竹外疏花，香冷入瑶席。

江国，正寂寂。叹寄与路遥，夜雪初积。翠尊易泣，红萼无言耿想忆。长记曾携手处，千树压西湖寒碧。又片片、吹尽也，几时见得。

苔枝缀玉，有翠禽小小，枝上同宿。客里相逢，篱角黄昏，无言自倚修竹。昭君不惯胡沙远，但暗忆、江南江北。想佩环、月夜归来，化作此花幽独。

犹记深宫旧事，那人正睡里，飞近蛾绿。莫似春风，不管盈盈，早与安排金屋。还教一片随波去，又却怨、玉龙哀曲。等恁时、重觅幽香，已入小窗横幅。

这两曲历来被视作咏梅词第一，后人评价“空前绝后，独有千古”。

范成大大喜过望，马上命家里蓄养的歌女习唱。其中尤其出色的一位歌女叫小红。可能是小红的演绎最熨帖，慰藉了姜夔孤独的心，让他仿佛又看到了赤阑桥西的解语花，酒酣耳热之际，颇有意乱情迷之感。范成大也看出来了，于是在姜夔辞行之际，主动提出将小红转赠。

虽然这种拿人当作物品随意转赠的行为现在看来简直无耻，但当时风气使然，而且在封建社会，奴婢位同私产，文人雅士之间的互赠往往传为美谈，白居易、苏轼据传都干过类似的事，实在不好苛责。

返程路上，才子佳人相得，姜夔还专门写了《过垂虹》：

自作新词韵最娇，小红低唱我吹箫。
曲终过尽松陵路，回首烟波十四桥。

除了杨万里和范成大，姜夔这一时期的交游对象也确实广阔，有据可考、史上留名者不下百人。但他一直功名无望，不治产业，托庇于人，其清苦处有谁知道？姜夔自述："嗟乎！四海之内，知己者不为少矣，而未有能振之于窭困无聊之地者。"所以，在诗酒唱和之余，他心中总泛起一种说不清道不明的愁苦。某个冬日往返苏湖时，他填了一首《点绛唇》，是这个阶段心境最真实的写照：

燕雁无心，太湖西畔随云去。
数峰清苦，商略黄昏雨。
第四桥边，拟共天随住。今何许，凭阑怀古，残柳参差舞。

四、一年灯火要人归

宋宁宗庆元元年（公元 1195 年），姜夔惨淡的人生好像进一步滑向谷底。

这一年，萧德藻辞官归隐已久，家境也逐渐没落，虽然仍在庇护姜夔，但看起来应该不能长久了。尤其是这几年，萧德藻接连遭受了丧妻和丧子之痛，贫病孤独之下，身体和精神眼看就垮了。不得已，萧德藻的子侄把他接到了池阳奉养。

姜夔生活骤然没了着落，好在他朋友够多，其中张镃、张鉴兄弟很热心地伸出了援手。第二年，姜夔接受了张鉴的邀请，搬家到临安的东青门附近，托庇于张鉴。

张家豪富，家世显赫，两兄弟是南宋“中兴四将”之一张俊的曾孙。没错，就是因为构陷岳飞而被铁铸跪在杭州岳王坟前的张俊。不过铁铸赎罪是明朝的事了，至少南宋一朝，张俊还是那个生前的清河郡王、死后的循王，构陷岳飞也是贯彻宋高宗赵构和秦桧的意志，在南宋无疑是有免罪金牌的。

张俊其人除了早年的勇武、晚年的苟且之外，最有名的就是他的贪婪和豪奢，有两件事可见一斑。一个是他家中钱财太多，生怕贼人和刁仆偷窃，于是将白银全部熔炼为一千两一个的大球，还得意洋洋地命名为“没奈何”，意思是贼只能看着干着急。另一个是由于他深度参与了构陷岳飞，又第一个主动提出了上缴兵权，宋高宗对他极为宠信，晚年曾有一次驾临张俊府上，张俊大摆筵宴，极尽排场。据流出的菜单统计，各类菜色有数百种之多，比后来的满汉全席不知道高到哪里去了。

所以说，无论是地位还是财力，张鉴兄弟都足以庇护姜夔。历代颇有一些有精神洁癖的人，大概是觉得张家的财富不干净，于是视姜夔的这一段交游为污点，进而否定其人品乃至作品，凭空生造了南宋词坛的一段公案[3]。可据史书所载，张氏兄弟的道德和文章都是可圈可点的，至于先辈积累的财富，作为后人的张氏兄弟何辜？曾祖父的品行，无论如何也不能归罪于曾孙吧。

3. 另一段是“词中李商隐”吴文英与权臣贾似道的交往。——原注不过这一阶段的生活与当初托庇于萧德藻又有不同。萧德藻毕竟是姜夔夫人的亲叔叔，算是长辈，而张氏兄弟虽说是好友，毕竟隔了一层，于是这种生活方式基本形同后世明清时代高门大户的清客。所以这一时期，姜夔的行迹虽广，作品也多，但其中多为应酬之作，贺新居的、题园林的、唱和的。按照姜夔以隐士陆龟蒙自比的性格，这些交游到底有多少是欣然向往的，又有多少是抹不开情面的，还真不好说。

刚搬到临安的那一年，家都还没完全安顿下来，姜夔就伴游无锡等地，直到除夕前五天才得归家。归舟之上，姜夔填了一首《浣溪沙》：

雁怯重云不肯啼，画船愁过石塘西。打头风浪恶禁持。

春浦渐生迎棹绿，小梅应长亚门枝。一年灯火要人归。

打头风浪里，灯火要人归，这才是姜夔内心真正的向往吧？

不过公平地讲，张氏兄弟，尤其是张鉴，将姜夔视作挚友甚至骨肉兄弟，没有任何一点的轻慢。

纵观姜夔一生，他虽然多次求取功名，但多为生活所迫，本人实在说不上热衷。比如张鉴看不得姜夔困顿科举场，曾提议出资为他买个官爵，就被姜夔坚辞谢绝了。

庆元三年（公元1197年），实在不想再回江西考试的姜夔，向朝廷献上了《大乐议》和《琴瑟考古图》，想图一个进身之阶。在中国古代，“乐”往往是与“礼”相关联的，尤其是所谓的“雅乐”，更是属于国家大事。姜夔的《大乐议》在音乐之外就涉及了社会秩序整顿、权贵利益分配等内容。

姜夔在音乐上的造诣是没得说的，研究工作是扎实的，成果是丰盛的，奈何一山野之民，政治嗅觉基本是没有的。这次进献没有把握好时机，结果自然是没有下文。

后来明代张羽在《白石道人传》中解释，说是姜夔在与时任参知政事谢深甫的儿子交往时傲慢无礼，得罪了谢深甫，于是进献无果。这一说法问题很多。首先，谢深甫是很赏识姜夔的，姜夔曾自叙“丞相谢公爱其乐书，使次子来谒焉”，一个“谒”字就很能说明问题。其次，谢深甫的长子谢采伯在谢深甫去世四年后专门刊印了姜夔的《续书谱》，还作序盛赞姜夔。所谓得罪谢深甫应该是以讹传讹。

其实，庆元年间正是南宋规模最大的党争“庆元党禁”最酷烈的时候，这场党争表面上是围绕朱熹等人的“道学”辩驳，实质就是宰相赵汝愚和韩侂胄之间的争权夺利。彼时赵汝愚已被罢相，韩侂胄一党正全力打击政敌，甚至还要炮制历史上与“元祐党人碑”

齐名的“伪学逆党籍”，大肆排斥异己，朝堂之上刀光剑影。

姜夔的所谓“乐教”进而“礼教”，理论源头是儒家六经，无疑也是偏向道学和理学一脉的。从这个角度看，仅仅是无人理会而没有卷入党争，已经是万幸了，可能是因为姜夔地位太低而朋友太多吧。

姜夔对求取功名无果应该是有心理准备的，但对自己呕心沥血的成果蒙尘还是有几分愤然的。事后他写诗抒发不平之意：

晴窗日日拟雕虫，惆怅明时不易逢。
二十五弦人不识，淡黄杨柳舞春风。

心有不甘的姜夔，在两年后又献上了《圣宋铙歌鼓吹十二章》，这次应该是在张氏兄弟等好友的奔走帮助下，加之韩侂胄一党全胜之后党禁稍弛，终于得到了朝廷的重视。朝廷专门下诏，使姜夔免除解试，可直接参加礼部试，也就是考进士。

可惜，由于“庆元党禁”对道学的打击，此时的科举环境极为严苛，已经四十五岁的姜夔也来不及重新适应新的学术要求，于是他不出意外又落第了。对他来说，这也不算是多大的打击，毕竟该试的都试过了，也就彻底死心了。姜夔再没有尝试过求取功名，从此布衣终老。

越中山水，足以娱情，但辜负平生所学，总有意难平吧。看看这首行游之中，姜夔借自己改编完善的旧乐章填的《徵招》：

> 潮回却过西陵浦，扁舟仅容居士。去得几何时，黍离离如此。客途今倦矣，漫赢得一襟诗思。记忆江南，落帆沙际，此行还是。
>
> 迤逦、剡中山，重相见、依依故人情味。似怨不来游，拥愁鬟十二。一丘聊复尔，也孤负幼舆高志。水葓晚，漠漠摇烟，奈未成归计。

五、白头歌尽明月

宋宁宗嘉泰二年（公元1202年），张鉴病逝。

这对姜夔来说是双重打击。一方面是交往十年的挚友阴阳两隔，按他自己的话说，“十年相处，情甚骨肉”，“惜乎平甫（张鉴）下世，今惘惘然若有所失”。另一方面，某种意义上的恩主离世，使姜夔的生活顿时陷入了困顿。他和张鉴共同的好友苏泂，听闻消息后写诗安慰姜夔，其中就有“十年知遇分生死，八口饥寒足叹嗟”的句子。

本来张鉴去世，姜夔已没有理由滞留在张家，可张鉴临终前专门交代了姜夔关照自己的幼子。姜夔想走，却不能放下张鉴的托付；留下来，每每又睹物思人，倍增伤怀，而且主人已逝，他心知这种寄居生活必定不能长久，因此伤心的同时更添苦闷。

本来生活已经如此艰难了，谁知道更大的打击接踵而至。

嘉泰四年（公元1204年）三月，临安大火，大片地区被烧为白地，东西二府[4]都被波及，被毁的民宅多达两千零七十余间。姜夔的家不幸就是这两千零七十分之一。屋舍尽毁，收藏的图书、书法、文章、乐谱全部付之一炬。姜夔看着烟火余烬，填了一首《念奴娇》：

>4. 指分别掌管政务和军事的中书省（东府）和枢密院（西府）。

昔游未远，记湘皋闻瑟，澧浦捐褋。因觅孤山林处士，来踏梅根残雪。獠女供花，伧儿行酒，卧看青门辙。一丘吾老，可怜情事空切。

曾见海作桑田，仙人云表，笑汝真痴绝。说与依依王谢燕，应有凉风时节。越只青山，吴惟芳草，万古皆沉灭。绕枝三匝，白头歌尽明月。

彻底无依的姜夔遑遑如失栖之鸟，又渺渺如迷途之雁。考据他的作品和行迹交游，可以推测他自此以后就是在不断奔走于权贵之门，依靠填词作曲的才华谋生养家。

不过，这其中他与一个人的交游和唱酬不能不提，那个人就是辛弃疾。从宋词的角度看，这是豪放派和清空派魁首的合鸣，悠悠穿越了千载岁月。

从姜夔的作品和辛弃疾的生平考据，两人初识应该是在嘉泰三年（公元1203年），这一年辛弃疾被起复为绍兴知府兼浙东安抚使，而姜夔正在吴越之地漫游。

辛弃疾被起复时已是暮年，英气不改，却对朝局有了更深的认识，颇有几分心灰意冷。游会稽（今浙江绍兴）卧龙山时，在秋风亭，稼轩唱："只今木落江冷，眇眇愁余。故人书报，莫因循、忘却莼鲈。谁念我、新凉灯火，一编太史公书。"白石和："年年雁飞波上，愁亦关予。临皋领客，向月边、携酒携鲈。今但借、秋风一榻，公歌我亦能书。"

在蓬莱阁，稼轩唱："岁云暮矣，问何不、鼓瑟吹竽。君不见、王亭谢馆，冷烟寒树啼乌。"白石和："小丛解唱，倩松风、为我吹竽。更坐待、千岩月落，城头眇眇啼乌。"

如果说这些场合，辛弃疾作为帅臣，是绝对的主角，余者皆为过客，尚无法看出两人之间的交情的话，那么姜夔还有一首《洞仙歌》，指明是赠送给稼轩黄木香花时附的词，其中"自种古松根，待看黄龙，乱飞上、苍髯五鬣"的指代夸赞之句，再加上姜夔自叙"稼轩辛公深服其长短句"，则足以证明两人是有私交的。

两人之间的唱和，在宋宁宗开禧元年（公元1205年）发出了最强音。前一年，辛弃疾被调任镇江知府，筹谋北伐中原，但又对韩侂胄的眼高手低、好大喜功忧心忡忡。于是，在这一年的京口北固亭，诞生了被视作稼轩词第一的《永遇乐·京口北固亭怀古》，响起了

“凭谁问：廉颇老矣，尚能饭否？”的千古诘问。

姜夔对北伐仍旧心存希望，于是次韵和了一首《永遇乐》，用以劝慰辛弃疾：

> 云鬲迷楼，苔封狠石，人向何处。数骑秋烟，一篙寒汐，千古空来去。使君心在，苍厓绿嶂，苦被北门留住。有尊中、酒差可饮，大旗尽绣熊虎。
>
> 前身诸葛，来游此地，数语便酬三顾。楼外冥冥，江皋隐隐，认得征西路。中原生聚，神京耆老，南望长淮金鼓。问当时、依依种柳，至今在否？

将辛弃疾与曾统军北伐的诸葛亮、桓温[5]作比，充满了殷殷的期望和鼓励。尤其是“中原生聚，神京耆老，南望长淮金鼓”，毫不逊色于陆游的“遗民泪尽胡尘里，南望王师又一年”和范成大的“忍泪失声询使者，几时真有六军来”。其中将恢复中原的希望系于辛弃疾一身的浓烈感情，几欲冲破纸背。

>5. 桓温为东晋名将，曾有言云：“京口酒可饮，兵可用。”

不知道大家发现没有，姜夔与辛弃疾唱和的这几首词，词风迥异于平时的清空骚雅，倒是与稼轩词的刚健豪放有几分相似。有人解释，这是因为辛弃疾时居高位，声震朝野，深乎天下恢复之望，而姜夔只是一个布衣寒士，地位要低得多，所以唱和之间姜夔刻意逢迎。首先不说这完全不符合姜夔的性格；其次，历来读者和评论家不会都是傻子，连刻意逢迎和真情流露都分辨不出来。

其实，笔者更愿意相信，那个吟唱“自胡马窥江去后，废池乔木，犹厌言兵”的少年，那个在边城顶风冒雪、策马狂奔的少年，那个“徘徊望神州，沉叹英雄寡”的少年，才是这个念念不忘“中原生聚，神京耆老”的真正姜夔。只是命运过于残酷了一些，惨淡的生活消磨了他本来的模样，宫商角徵羽成了他避世的桃源。

可惜，很快辛弃疾就被攻讦去职，所谓的开禧北伐也草草收场，甚至连宰相韩侂胄都被砍了首级送往金国求和。辛弃疾郁郁而终，恢复之望彻底化为乌有。

姜夔的行迹也缥缈起来。只知道他此后依然是纵情山水，在括苍烟雨楼怀念范成大[6]：“老仙鹤驭几时归，未必山川城郭是耶非。”在永嘉富览亭吟唱：“东望赤城近，吾兴亦悠哉。”

>6. 范成大已于绍熙四年（公元1193年）去世。

但一生酷爱梅花清冷的姜夔，在和靖先生林逋埋骨的西湖边，再次吟唱梅花的时候，到底在想些什么呢？看看这首《卜算子》：

江左咏梅人，梦绕青青路。因向凌风台下看，心事还将与。

忆别庾郎时，又过林逋处。万古西湖寂寞春，惆怅谁能赋。

六、一琴一砚一兰亭

宋宁宗嘉定二年（公元1209年），姜夔病逝，葬于临安西马塍。

关于姜夔的卒年，历来说法很多。近代学者陈思曾根据吴潜的《暗香疏影序》[7]，定于宋理宗绍定二年（公元1229年）之后。但吴潜的词序受到了很多质疑，尤其是有很多时间线上的矛盾，夏承焘先生明确指出其疑似误记，有人更是将其定为伪作。

>7. 序中云："犹记己卯、庚辰之间，初识尧章于维扬。己丑嘉兴再会，自此契阔。"己卯、庚辰为嘉定十二、十三年，己丑为绍定二年。

如今最为主流的说法有两种，一种是夏承焘先生考证的嘉定十四年（公元1221年），即姜夔享年六十七岁；另一种是陈尚君先生考证的嘉定二年，享年五十五岁。

两者之间差距很大，目前很多人采信夏承焘先生的说法，主要是因为夏先生是研究姜夔的开创者和权威，姜夔的很多信息都有赖先生一一辨析。但在卒年这个问题上，夏先生只是依据20世纪50年代所能收集到的信息推断，其中最主要的是韩淲的一首诗和后记。

韩淲的后记中说，姜夔和好友潘柽三年前先后去世，然后诗中有"朝家更化"之语，夏先生认为这指的是宋理宗登基继位，也就是嘉定十七年（公元1224

年）之事，于是推测姜夔去世于嘉定十四年。但实际上，后来有人考证，韩淲在理宗正式改元前已去世，所以“朝家更化”应该指的是宁宗改元嘉定。

同时，关于潘柽的卒年，后来有人发掘出两位友人挽潘柽的诗，而这两位友人一位去世于嘉定二年，一位去世于嘉定四年（公元1211年），可知姜夔和潘柽去世的年份不可能晚于嘉定二年。

另外，姜夔已知最后的作品，是在他收藏的《兰亭序》摹本上的题跋，时间明确是“嘉定二年长至日”。

于是，可以推测姜夔应该去世于嘉定二年。之所以费这么多笔墨梳理这个问题，是笔者私心觉得姜夔一生太苦，实在不忍心他再继续在那个世上煎熬十二年。

姜夔去世的情形，唯一的记载就是好友苏泂的四首《到马塍哭尧章》诗。其一云：

初闻讣告一场悲，写尽心肝在挽词。
今日未来见灵柩，对君妻子但如痴。

可以从苏泂的行迹考证姜夔确实卒于嘉定二年。

其二云：

南宫垂上鬓星星，毕竟襕衫不肯青。
除却乐书谁殉葬，一琴一砚一兰亭。

可以看到姜夔身后事的凄凉。一生不第，连小吏的青袍都没有机会穿，陪葬之物仅有一琴一砚，还有他时时研习了几十年的《兰亭序》。

其三云：

花桉空空但满尘，乐章起草遍窗身。
孺人侍妾相持泣，安得君归更肃宾。

可以看到姜夔家境的落魄。花桉满尘，乐章生草，操持丧事的也只是妻子和侍妾，说不上什么哀荣和排场。

其四云：

儿年十七未更事，曷日文章能世家。
赖是小红渠已嫁，不然啼碎马塍花。

可以知道姜夔的儿子才十七岁，是在他三十八岁那年出生的。还有很重要的，当初范成大转赠的那个“小红低唱我吹箫”的歌伎小红，已经嫁人了。

另外，还有更悲伤的故事。曾经在庆元三年（公元1197年）正月的观灯时节，出现在姜夔词中的小女儿，那个“白头居士无呵殿，只有乘肩小女随”的娇憨女孩，在姜夔的灵前却不见踪影。按理说她应该还不到出嫁的年龄，于是有人推测，她可能在几年前的那场大火中遭遇了意外。

至于姜夔的儿子，并没有实现苏泂“文章能世家”的美好愿望，在史书上未能留下声名。只是从后来的姜氏族谱考证，姜夔之子应该是平安长大了，还顺利入仕，没有“毕竟襕衫不肯青”，也算是出息了。

七、尾声

后世公认，从全才的角度看，姜夔堪比东坡。诗上，他提出“诗本无体”的主张，融合了晚唐隐士和宋代江西诗派的优点而又自成一家；词上，他清空骚雅的风格不光影响了南宋一代，对后世清代更有巨大的影响；书法上，他有《续书谱》和《绛帖平》传世，其中《续书谱》是南宋影响最大的书法理论著作。

从音乐才能的角度看，姜夔堪比柳永。他的《白石道人歌曲》虽然多半时候被视为一本词集，但这只是因为文字的光彩过于耀眼。《白石道人歌曲》其实堪称世界音乐史上的瑰宝，因为集中带有用工尺谱记写的曲谱，也就是说，让我们今天可以原样欣赏到八百多年前《扬州慢》《暗香》等曲的旋律。这是极为了不起的成就。

给我们留下这么多馈赠的姜夔，生于鄱阳，长于汉阳，漫游江淮，流落吴越，一生在漂泊。其凄苦处，又有几人知道。

就以他某次回鄱阳期间的《忆王孙》作结吧：

冷红叶叶下塘秋，长与行云共一舟。零落江南不自由，两绸缪，料得吟鸾夜夜愁。

后　记

公元1207年到1210年的前后四年间，辛弃疾、姜夔、陆游三位巨星集中陨落，不仅仅预示着宋词的末世，更预示着宋的末世。虽然有很多遗憾和不舍，但就让这趟旅程暂告一段落吧。

写作本书，既是为了致敬那些永恒的星辰，也是为了致敬那个苦难而光辉的时代，更是对那些已经镌刻进我们民族基因的文化记忆进行的一次再发现。吟咏时，查阅史料时，考据发现时，我对这些千百年来的文化沉淀有了更为立体和深刻的认知，也希望读者朋友在阅读过程中能体会到我曾经经历过的感动、温暖和治愈。

本书即将付梓之际，惶恐之余有着深深的歉意。要对因为我有限的水平影响了阅读体验的读者说声抱歉，更要对曾经引领过我的晏殊、晏几道、秦观、贺铸、周邦彦、吴文英、刘克庄……一众大神鞠躬致歉。由于本书写作初衷就是将词作、词人生平放到两宋的时代背景中去品评，所以不同时代选取了代表词人之后，北宋诸家也实在没有更多的出场机会了。至于周邦彦和南宋诸家，纯粹是个人偏好，毕竟我写诗词的同时还要写历史，而两宋的末世景象实在是不忍卒读。

说一千道一万，还是我本人的学养和积累不足，恳请读者朋友和各位方家体谅。

与此同时，本书的问世，也要感谢许多人。感谢宋词诸家为我们留下的光辉遗产；感谢掌阅文化的谭飞、外研社的赵璞玉等各位编辑老师的辛勤付出；更要感谢张锋同学替我分担家庭的责任，以及冉冉小朋友给我源源不断的动力。

一并将本书献给大家！

胡维

附录：宋代纪元及词人生卒年表

公元 960 年正月，陈桥兵变，赵匡胤黄袍加身，北宋建立。

太祖赵匡胤

建隆　公元 960 年—963 年

乾德　公元 963 年—968 年

开宝　公元 968 年—976 年

太宗赵光义

太平兴国　公元 976 年—984 年

雍熙　公元 984 年—987 年

★雍熙元年（约），公元 984 年，柳永生于山东费县。

端拱　公元 988 年—989 年

★端拱二年，公元 989 年，范仲淹生于江苏徐州。

淳化　公元 990 年—994 年

至道　公元 995 年—997 年

真宗赵恒

咸平　公元 998 年—1003 年

景德　公元 1004 年—1007 年

★景德四年，公元 1007 年，欧阳修生于四川绵阳。

大中祥符　公元 1008 年—1016 年

天禧　公元 1017 年—1021 年

乾兴　公元 1022 年

仁宗赵祯

天圣　公元 1023 年—1032 年

明道　公元 1032 年—1033 年

景祐　公元 1034 年—1038 年

★景祐三年末，公元 1037 年初，苏轼生于四川眉山。

宝元　公元 1038 年—1040 年

康定　公元 1040 年—1041 年

庆历　公元 1041 年—1048 年

皇祐　公元 1049 年—1054 年

★皇祐四年，公元 1052 年，范仲淹病逝于江苏徐州。

★皇祐六年（约），公元 1054 年，柳永病逝于江苏镇江。

至和　公元 1054 年—1056 年

嘉祐　公元 1056 年—1063 年

英宗赵曙

治平　公元 1064 年—1067 年

神宗赵顼

熙宁　公元 1068 年—1077 年

*熙宁五年，公元 1072 年，欧阳修病逝于安徽阜阳。

元丰　公元 1078 年—1085 年

*元丰七年，公元 1084 年，李清照生于山东济南。

哲宗赵煦

元祐　公元 1086 年—1094 年

绍圣　公元 1094 年—1098 年

元符　公元 1098 年—1100 年

徽宗赵佶

建中靖国　公元 1101 年

*建中靖国元年，公元 1101 年，苏轼病逝于江苏常州。

崇宁　公元 1102 年—1106 年

大观　公元 1107 年—1110 年

政和　公元 1111 年—1118 年

重和　公元 1118 年—1119 年

宣和　公元 1119 年—1125 年

*宣和七年，公元 1125 年，陆游生于淮河舟上。

钦宗赵桓

靖康　公元 1126 年—1127 年

公元 1127 年二月，金人废徽、钦二帝；四月，二帝被虏北去，北宋灭亡；五月，徽宗第九子赵构于应天府登基，南宋建立。

高宗赵构

建炎　公元 1127 年—1130 年

绍兴　公元 1131 年—1162 年

*绍兴十年，公元 1140 年，辛弃疾生于山东济南。

*绍兴二十五年(约)，公元 1155 年，李清照病逝于浙江杭州一带。

*绍兴二十五年(约)，公元 1155 年，姜夔生于江西鄱阳。

孝宗赵昚

隆兴　公元 1163 年—1164 年

乾道　公元 1165 年—1173 年

淳熙　公元 1174 年—1189 年

光宗赵惇

绍熙　公元 1190 年—1194 年

宁宗赵扩

庆元　公元 1195 年—1200 年

嘉泰　公元 1201 年—1204 年

开禧　公元 1205 年—1207 年

★开禧三年，公元 1207 年，辛弃疾病逝于江西上饶。

嘉定　公元 1208 年—1224 年

★嘉定二年（约），公元 1209 年，姜夔病逝于浙江杭州。

★嘉定二年末，公元 1210 年初，陆游病逝于浙江绍兴。

理宗赵昀

宝庆　公元 1225 年—1227 年

绍定　公元 1228 年—1233 年

端平　公元 1234 年—1236 年

嘉熙　公元 1237 年—1240 年

淳祐　公元 1241 年—1252 年

宝祐　公元 1253 年—1258 年

开庆　公元 1259 年

景定　公元 1260 年—1264 年

度宗赵禥

咸淳　公元 1265 年—1274 年

恭帝赵㬎

德祐　公元 1275 年—1276 年

端宗赵昰

景炎　公元 1276 年—1278 年

少帝赵昺

祥兴　公元 1278 年—1279 年

公元 1279 年二月，陆秀夫背负年仅八岁的少帝于崖山蹈海自尽，南宋灭亡。